長良川

修羅としずくと女たち

Matsuda yuhachi

松田悠八

作品社

目次

装画＝谷口土史子

長良川

修羅としずくと女たち

第一章　水と修羅

プロローグ

二〇一一年三月一一日、海が陸へ上がってきた。

墨のように黒い水の巨大な帯が、視野のはるか彼方から確固とした意志をもつもののようにつぎからつぎへ、低くしのび寄るように、あるいは見上げるような高い壁となってやってきた。

こんなに黒いものがはたして水だろうか。水がこんなに高い壁をつくれるのだろうか。くるまも、ふねも、いえも、木立ちも、電柱も、目の前にあるものすべてを呑み込みつつ、黒い水が押し寄せてきた。これが水であろうはずはない。こんなに黒く、こんなに冷酷に、こんなに平然とあらゆるものをかみ砕き、こなごなにし、かたちを奪っていく無道のものが水であるわけはない。

くるまとふねが同じ道を流れていく。標高のない港から高みに向かって流れていく。川が道になり、道が川になる。いえがさかさまになり、コンクリートの壁が浮き上がり、鉄製の橋が転がる。黒い水が街のあらゆる細部を浸し、持ち上げ、ひっかき回し、高みへ運んでいく。昇りつめると、黒い水は流れを止める。しばらくあって、こんどはすべてが逆方向に動きはじめる。さっき通った道を、すべてが流れ下る。

なんとかひっくり返るのをこらえてきたいえが、たまらず悲鳴を上げ、あっさりと屋根を下にして別の物になる。ふねはかろうじて水に浮いたまま、舳先《へさき》をうしろにして海へ戻りはじめる。

くるまは紙製品のように軽々と回転しながら流れ下る。

液晶画面に映る黒い水流の前で、ぼくはなんとか動揺を抑え、平衡を保とうとした。けれど、これはただの映像だとして追いやろうにも、逃げることはかなわない。ついさっき東京西方のわが家が、いままで経験したこともないほど大きく揺れた。震度五の恐怖が、見えない罠となってからだをがんじがらめにしている。

いままで見たこともない出来事にただ呆然とするしかない頭を、なんとかおちつかせようとしても、あの黒い水のなかにどれほど多くの命が閉じ込められているのだろうと思うと、からだが震え、逃げも隠れもできなくなる。

水は濁り、鬼畜となり、黒い修羅となった。何？　水が鬼畜に？　修羅に？　とつぜん、まったく別の場面が脳裏に浮かんだ。一五年前、悪性の胃がん手術で入院したときのことである。さいわい手術は成功し、看護師におだてられて二日目で歩きはじめ、優良患者の見本のようにすべての点で早めに回復が進んだ。

手術後の八日間、一連の点滴器具から目が離せなかった。病室内のすべてが静まりかえっているなか、動いているのは長さ五センチほどのプラスチックのパイプ中をぽとりぽとりと落ちつづける水滴だけである。水滴は腕に刺された留置針を通して体内へ流れ込む。どんな薬と栄養素が入っているかは見えないが、それは確実に、手術で横方向に三〇センチほど切られたへそ下の傷口を癒し、おとろえた体力を取り戻してくれる。パイプのなかを落ちつづける一滴一滴が、命をつないでいる――それを、ぼくはからだが元にもどっていく音として聞いた。それはトキントキンという心臓の鼓動と共鳴した。

術後一〇日目、腸閉塞の苦しみに襲われた。開腹して一度取り出された八メートルあまりの腸管がふたたび腹腔の元の場所にもどされるとき、以前と同じようにはいかず、どこかがねじれて食べものの通り道がふさがれたのだろう。生まれてから五五年間というもの動きようのなかった腹腔内の配置が大きく入れ替わったのだから、不具合も起きようというものである。

それにしても、腸管が窒息状態になったときの痛みは耐えがたい。

「腹が痛むんですけど」

見回りにきた看護師に小声で言う。

「すぐ先生に相談してきますね。だいじょうぶですよ」

彼女は、ぼくの額を流れるあぶら汗に驚いて駆け去った。だいじょうぶだと言われて、かえって心配が大きくなる。足早に戻ってきた看護師の手に、何やら薬剤が握られている。それがモルヒネであることは、あとで知った。

「先生のお許しが出たので、これで楽になれますよ。よく効く痛み止めだから安心して眠ってください。薬の効き目には個人差がありますけど、感覚的にはどこまでも昇っていく上昇感か、そうでなければ落ちつづける感じなどが多いようです。寝入るときに意識しておいて、もし記憶に残っていたら、あとで教えてくださいね」

看護師の話が終わったかどうかもわからないうちに、痛みは劇的に止まり、あっという間に意識がなくなった。

次に目覚めたとき、眠りに入る寸前の記憶があざやかに残っていた。ぼくの場合は、落ちた。はじめは宇宙に放り出されたようで、重力はないはずなのに落ちはじめるのである。上も下もない空間をどこまでも落ちていく。恐怖感はなくて、むしろ快感すら覚える。落ちていく感覚は、まわりにあるちいさな泡が上へ上へ昇っていくので、相対的に生まれるもののようである。泡が空気の球であると意識してからは、水に抱かれながらはるかな深みへ落ちていく実感があった。

ようすを見にきた看護師に、記憶のままを伝えた。

「落ちてったんですね。わたしが知ってるかぎりでは少数派ですよ」

「ほんとに不思議な快感だったな。いままで経験したことがないような」

「そうでしょうよ、モルヒネは麻薬ですからね」

「貴重な体験だったわけですね。映画の一場面みたいに、はっきり記憶してますよ」

「大げさに言えば、命と引き替えですもんね」

「忘れないようにしなきゃ。手術して一か月だけど、あんないい気分、はじめてでした」

「手術のあとのぶじのご帰還、それから今度が二度目のご帰還ね。おめでとうございます」

さりげないおめでとうがうれしかったけれど、腸閉塞はきつい試練だった。へたをすれば再手術、とも聞かされていた。その場合はまた開腹しなければならない。胃の切断部と十二指腸をつないだあたりのねじれの現場へ、鼻孔からパイプを挿入して溜まっている圧力を抜く作業がはじまった。手術直後と同じ状態にもどって、また四日間のパイプ人間状態はつらかった。けれどもさいわいデリケートな圧抜き作業は成功し、二度目の開腹作業を免れた。

退院したのは一九九六年の春、桜の便りが届くころのことだった。

五年後、医師はここまで再発や転移などの症状もなくこられたのだから、いちおうお墨付きを出してもいいでしょうと前置きして、事実を明かしてくれた。ぼくの胃がんは進行の早いスキルス性のたちの悪いもので、もうすこしで胃壁を破るような深度に及んでいた。開腹後の目視の結果、当初の予定より増やして胃を三分の二切り取り、転移しやすい胆嚢も切除、リンパ節と腹腔内のあちこちに抗がん剤を撒いたということである。

＊

あの三月一一日、病室の点滴器具のなかでしたたり落ちる水滴のかたちが脳裏に浮かんできたあとに、もうひとつ思い出したことがある。

手術後、尿の量を計測するというたいせつな作業を課せられた。尿を便器に流さないで容器に保存しておくのである。たまたま同じ病室で同じ日に胃の全摘手術を受けた吉田さんが、尿の量を競いあうライバルになった。彼より尿が多いと単純にうれしくなる。彼よりすくないとそれだけで回復が遅れているような気分になり、がっくりと首が曲がってしまう。一升瓶ほどの容器に入った黄色の液体は、退院への一里塚で、多ければ多いほど病室から出る日が近くなる。

採尿するたびに瓶をじっと見ていて奇妙な幻覚に見舞われた。体内を通って排泄されるまでの点滴液の流跡が、川の流れに置き換えられていく。その過程で、ぼくのからだは水の流れを黙って通すトンネルにすぎない。

病室で読んでいた本によれば、ひとのからだの七〇パーセントは水だという。生まれたばかりの赤ん坊の場合、八五パーセントが水分で、年齢とともにその割合は減っていく。四〇歳でほぼ半分、八〇歳代では約三〇パーセントになる。つまり人間はすこしずつ干からびていく。胃がんの手術を受けたのは五五歳、からだの水分はすでに半分以下になっている。川幅の半分以上が乾いた川原で、流量が減りつつあるような、そんな干からびた川がぼくなのである。

干からびてきたけれど、この川はまだ流れつづけている。川と自分を重ねてイメージするうちに、病院で観察しつづけた点滴液が、東北の海岸地帯を襲った膨大な量の黒い水と重なった。そしてつぎに、源流域の山から湧き出た水滴のひとつひとつが川へと育ち、見慣れた長良川となって意識の向こう側から立ち上がってきた。黒い水に対抗するには弱すぎたひとしずくが、幾億の味方を得たように生き返る。長良川が黒い水と対峙する。水は透きとおっていて、流れに目を凝らしていると、川が過去から見えない何かを運んでくる透明な時間装置のようにも感じられる。

ぼくは手術台から帰還したときと同じように、三月一一日の黒い水と向き合い、復活することができた。

伝説になった女

三〇人乗りの屋形船は浅草橋から隅田川をさかのぼって進んでいる。桜は三分咲きといったところで、船から見上げると上流に向かってかすかに白い帯のように続いている。帯は視野の左右から入って細くなりつつ先へ消えていき、屋形船は遠近法どおりに描かれたパノラマのなかへ進んでいく。

しばらくして右手に異様な高さと太さで立ちはだかったのは、このところ話題のスカイツリーである。二〇一〇年三月のはじめ、新しい塔は東京タワーの高さに迫っていた。完成すれば六百メートルと少しで、電波塔としては世界一になる。

「この巨大ローソク、いま話題になってるけど、おれたちが東京へ出てきたときのシンボルだった東京タワーのほうが印象的だったよな」

「そうそう、最初に昇ってぐるっと東京を見渡したときにはびっくりしたよ。見渡すかぎり街ばっかだったからさ。田舎から後輩が上京してくると、まず東京タワーに連れてったね。それがこんどはスカイツリーか。昭和と平成を象徴する二本の男根、ってとこだね」

「ダンコンか、久しぶりに聞くな。最近は自分のものも見たことないよ。まだついてるかどうかも忘れてた、ははは」

高校を卒業して上京し、大学生活をはじめたころ、時代のシンボルとして登場した東京タワーのことがひとしきり話題になる。

「ばかやろう、年季もんなんだからたいせつに磨いてやらなきゃだめなんだぞ」

「そうだよな。まだときどき元気になることがあってよ、おっ、おまえのこと忘れてた、なんてねえ。へへへ」

だれかが、大学時代には下らないとしてほとんど口にしなかった下半身の話をはじめたので、あちこちから失笑哄笑が上がる。

「学生のころは、存在そのものがうるさくて、こいつのこと手なずけられたら気が楽になるだろうに、なんて思ったことも何度あったか。こんなもんがあるために貴重な時間がむだにすぎていくのはもったいないなかったからなあ」

「そういえば、これのために生きてるんだと豪語した山田ってやつ、いたよね。ほら、耳が大きくて弘法大師なんて呼ばれてた彼、卒業の翌年に交通事故でなくなっちゃったよな。あいつにこのタワー見せてやったら喜んだろうにさ」

何人かが軽口をたたき、学生時代の垣根を越える。

「けど、問題は大小じゃないってこと、あいつ力説してたぞ」

「おれたち、二本のタワーみたいに、昭和と平成ってふたつの時代の、そのどまんなかで働いてきたわけだよ」

「ふたつの時代のどまんなかね。中島みゆき作詞、かな」

座の中央にすわったカッパさんが、巨大なローソクを見ながら言った。河田八郎、カッパさんは銀に光る豊かな髪の毛を真うしろになでつけている。その声は、大隈講堂の最後部の客にもしっかり届くと評判だった往時の低音そのままの響きで、全員に届いた。七五歳、ときどきテレビで苦悶する悪役を演じて、そこそこに名前の知られた現役の役者でもある。

「それとも昭和と平成、二本の男根のまんなかで年を重ねて半世紀、ってのはどう？」

「お、座ぶとん一枚」

またあちこちから笑い声がこぼれた。

屋形船に乗った二八人は、ほぼ五〇年前、大学の演劇サークル「演劇研究会」に集まった元演劇青年と女子たちである。当時は春ごとに部員が四、五〇人入ってくるという学生演劇の黄金時代だった。劇研には、名前だけの幽霊在籍者を含めれば二百に近い部員がいた。大隈重信像のうしろ姿を見下ろす位置にある通称演劇長屋のちいさな幾つもの部屋に、大小合わせて二〇あまりの劇団がひしめき合うように割拠していた。

じつはこの花見の会が開かれる五年前、劇研最後のと称する同窓会が、大学に近い新宿区戸塚の旅館で開かれた。八〇歳すぎから一〇年前に卒業した若手まで、ほぼ六〇年のあいだに劇団で育ってきた一五〇名ほどが集まり、その前年になくなった六人に黙禱を捧げた。二年に一度は開かれていた同窓会をこの年で最後としたのは、ひとりあたり三〇秒の黙禱時間が長くなり、寂しすぎるからもう止そうとの動議が出たせいである。

しかしあのころ、ともに青春を駆けぬけた仲間のことは忘れがたい。先も長くないのだから遠慮はよそう、死者への黙禱は抜きにして、芝居に関する濃密な時間を共有する幸運に敬意を表して、機会があれば集まろう、先に行ってしまったやつには心でさよならのひとことも唱えればいいじゃないか――などの話を経て、劇研創立以来はじめての花見が開かれることになった。

ふつう、軟派な文系サークルは勝手気ままな城主志願か、あるいはすでにして大将気どりたちの集まりで、卒業後は連絡もとれなくなってしまうことが多い。ところが当時、そんなゆるめの集団を手ぎわよくまとめてくれる人物がいた。公演のチケット売りからパンフレットの広告取りに至るまで、微細な仕事の積み重ねをとりしきる制作部の鬼、昭和一二年生まれの三学年先輩加藤耕一さんである。その実務的献身のおかげで、創部以来消息のわかる五百人あまりの名簿が残っており、五〇年目の花見も実現したのであった。

およそ学生劇団の金庫を預けるのは、最上の演劇的表現をという高い理想と、冷徹な銭勘定の二律背反に目配りできる幅広い人物でなければならない。その点、加藤さんは歴代の制作担当者のなかでも抜きん出ていた。入団当初から、わずらわしい金勘定を引き受けてきた勤勉な実務家で、演劇青年的怠惰とは縁のない貴重な人柄でもあった。

大学卒業後はフリーライター兼編集者として小まめに働き、その広い人的つながりから後輩をあちこちの出版社に紹介したり、みずから雑誌の特集記事を企画して、まわりの食うに困っている連中に割り振ったり。おかげでなんとか食いつなぎ、野垂れ死にをまぬがれた部員が幾人もいる。屋形船の中央あたりに、いまがあるのはあのとき助けてくれた加藤さんのおかげだと感謝する者たちが、期せずして集まっている。

「おい、美恵乃ばなし、やろう」

カッパの河田先輩が声をあげた。美恵乃ばなしとは、劇研にいたひとりの女性にまつわるうわさばなしのことである。主人公は菊池美恵乃という。一九五七年、彼女は演出志望で劇研に入った。ぼくが入団したのは翌年で、美恵乃さんは先輩としてすでに劇団になじんでいた。日本人離れしたきれいなひと、というのが第一印象だった。おそらく劇団の全員がそう思っていた。

ところが二年半ほどで、彼女はとつぜん姿を消してしまった。あまりに唐突、劇的でもあったから、その消息はつねに推測や妄想に色づけされて、風化するどころか年々磨きがかけられてきた。たとえば好きな男ができて心中したらしいとの推測は、彼女が太宰治を愛読していたという風聞からきたものだった。そうではなくて、悲しいロシア人の血が流れているから、愛人と駆け落ちしてどこか北方へ行ったのだろうという者もいた。

中心になるエピソードはいつも同じことのくり返しである。けれどもそれは、あとに続くわずかな新事実のためになくてはならない前振りであり、その新事実にしたところが、数十年も前のこととてだれが言ったのかさえ定かではない。けれども、そんなとりとめのない物語をくり返しているうちに、全体が何か貴重な宝石のように光りはじめる。

郵便はがき

料金受取人払郵便

麹町支店承認

6747

差出有効期間
平成29年1月
9日まで

切手を貼らずに
お出しください

1 0 2 - 8 7 9 0

1 0 2

［受取人］
東京都千代田区
飯田橋2－7－4

株式会社 作品社
営業部読者係　行

【書籍ご購入お申し込み欄】

お問い合わせ　作品社営業部
TEL 03(3262)9753／FAX 03(3262)9757

小社へ直接ご注文の場合は、このはがきでお申し込み下さい。宅急便でご自宅までお届けいたします。送料は冊数に関係なく300円（ただしご購入の金額が1500円以上の場合は無料）、手数料は一律230円です。お申し込みから一週間前後で宅配いたします。書籍代金（税込）、送料、手数料は、お届け時にお支払い下さい。

書名	定価　　円	冊
書名	定価　　円	冊
書名	定価　　円	冊
お名前	TEL　（　　）	
ご住所　〒		

フリガナ
お名前

男・女　　　　歳

ご住所
〒

Eメール
アドレス

ご職業

ご購入図書名

●本書をお求めになった書店名

●ご購読の新聞・雑誌名

●本書を何でお知りになりましたか。

イ　店頭で

ロ　友人・知人の推薦

ハ　広告をみて（　　　　　　　　）

ニ　書評・紹介記事をみて（　　　　　　）

ホ　その他（　　　　　　　　　　）

●本書についてのご感想をお聞かせください。

ご購入ありがとうございました。このカードによる皆様のご意見は、今後の出版の貴重な資料として生かしていきたいと存じます。また、ご記入いただいたご住所、Eメールアドレスに、小社の出版物のご案内をさしあげることがあります。上記以外の目的で、お客様の個人情報を使用することはありません。

劇団在籍時間が短かったせいで、美恵乃伝説は本人が消えたあとも、語り継がれながらすこしずつふくらみ、美化されてきた。たくさんあったのに、いつのまにか盗まれて数枚しか残っていない劇団資料写真の一枚の裏に、だれが書き込んだのかこんな文章がある。

――右端に菊池美恵乃。女優原節子がそなえる優雅さと、スウェーデンのイングリッド・バーグマンの気品を加えたような香気が漂ってくる。

彼女の顔立ちの神秘性を強調するのが、ロシア人の血が流れているという経歴であった。二〇世紀初頭、ロシア革命の機関車となった赤軍に対抗する帝政ロシア軍は白軍と呼ばれ、彼らの一部はロシアの地を逃れて各国へ亡命していった。貴族的栄華を捨て、亡命者として生きねばならなかった白系露人たちは、往時の残酷な表現によれば階級的なれの果てにすぎない。けれどもその末路の悲劇性から、感傷の甘いベールに包んで見られることが多かった。

美恵乃さんの表情に宿る陰影は、じっさいそんな歴史の波濤にもまれてきた白系露人の末裔としての半生を映しているのかもしれない。もう一枚の、ややうつむきかげんの横顔写真に付された「悲しいほどきれいだ」という書き込みがそれを裏づけている。この写真はめずらしく彼女ひとりのショットで、だれかが盗撮したものにちがいない。

入団一年目に「きみはその美しさで客を呼べる。ぜひ役者として舞台に立ってほしい」と、劇団の幹部連中が要請した。舞台で見栄えがするだろうというだけでなく、低めでよく響く声にも人を振り向かせるだけの魅力があり、役者としての素質には申し分がなかった。けれども彼女は

「演出こそわたしの生涯をかけるにふさわしい仕事ですから」と要請をことわり、そのつぎの大作『秩父困民党』の演出助手についた。

作家西野辰吉の歴史小説『秩父困民党』は、硬質な内容にもかかわらず五七年当時ベストセラーに名を連ねていた。その話題作を群衆劇として舞台にかけるという劇団幹部連の意気込みに、百人の劇団員は興奮した。

明治一七年、まわりを城壁のような山々に囲まれた関東の奥座敷秩父で、借金や重税にあえぐ民百姓衆による暴動が起こる。困民党、借金党、負債党などのせっぱつまった旗じるしのもとに集まった彼らは、自由民権運動という新しい時代の足音に同調して走りはじめた。けれども明治政府の軍隊が鎮圧に乗り出し、蜂起はわずか三週間で泡と消える。

この果敢な負けいくさの舞台化にあたって、劇研の困民党演出団は秩父まで出かけて現地取材をした。その旅で一行は、困民党の連絡係として働いたという生き証人にも会っている。まだ幾人かの残党が存命していた時代であり、近代日本の夜明けをじかに見た人たちと話ができたと、一行は目を輝かせて報告した。生き証人のひとりが、「わざわざ東京から事件のことを調べにおいでたか」と喜び、近所の人たちと二時間かけて手料理を用意してくれた。出てきた食べ物は不ぞろいの麺を入れた味噌煮込みうどんであったが、演出団の何人かは、味より何よりそのもてなしに胸が詰まったそうである。

困民党を上演した半世紀後の二〇〇八年、元演出部が招集をかけ、当時を偲ぶ秩父めぐりの一泊旅行を計画した。新人のひとりであったぼくも入れ、劇団員三〇名あまりが集まった。蜂起した農民たちの拠りどころとなった山裾の椋神社には、無名戦士の石碑が建ち、「われら秩父困民党、暴徒と呼ばれ、暴動と呼ばれることを拒否しない」との静かな決意が彫られている。まだ新しい石碑の前で、がやがやと騒がしかった一行はしぜんに口を閉じた。

半世紀前の取材旅行当時、演出団のひとりとして参加していた美恵乃さんは、椋神社でこの決意の文章を聞かされ、その場で号泣したそうである。

「それがさ、おーんおーんて野犬の遠吠えみたいな響きでね。すごかったよ。美恵乃の秘めた激しさに触れて、おれ、惚れ直したもんなあ」

一期生で演出団に加わっていたカッパさんが、よく通る声で美恵乃伝説にまたひとつ飾りつけを加えた。

＊

一九五八年四月、百分の一の新人として劇研に入ったぼくはといえば、岐阜の高校演劇部の顧問教師であった大林さんのことを考えていた。大林先生、通称オバサンは盆踊りで名高い郡上八幡の百姓たちが起こした宝暦騒動のことを、いずれ脚本にしたいと構想を練っていた。

むしろ旗を持つ困民党の百姓役を割りふられ、ほかの百姓役五〇人あまりと舞台の後方を左右に走り回りながら、ぼくはオバサンが描こうとした一七五四年の郡上宝暦騒動と、一八八四年の秩父事件を重ねていた。負けるとわかっていながら蜂起する人たちが、命を賭した戦いとは、いったいなんであったのか。

郡上八幡の騒動は四年間つづき、時の幕府も収拾に苦慮するほどの大事件になった。オバサンは、一揆に荷担した者を立百姓、加わらなかった者を寝百姓と分けながら舞台構想を語ってくれた。宝暦八年（一七五八年）、一揆は叶わぬ夢と果て、首謀者たちは獄門に処せられる。けれども立百姓にも寝百姓にも飲みたい酒があり、守るべき家族がある。立つ者と寝る者双方の人間模様を、一揆の趨勢と同じ重さで描きたいとオバサンはちからを込めて語った。

宝暦騒動と秩父事件のあいだには一三〇年の時間が横たわっている。時代はちがうけれど、民百姓のやむにやまれぬ蜂起の心情や、周囲を山にかこまれたおだやかな山里であることなどの共通点が二つの騒動を太い糸でつないでいる。

オバサンは、岐阜の劇団はぐるまの座付き作者として脚本を書きはじめていた。入魂の作『郡上一揆』が脱稿したのは、一九六四年である。台本は、ただ一揆に向かう百姓と時の幕府の対立だけにとどまらず、立百姓と寝百姓の同士討ち的葛藤もあからさまにした。首謀者を隠し通すために、名と血判を円形に連ねた名簿作りを考案するなど、百姓たちの必死の知恵や勇気もていねいに描かれた。のちになってその血判書は、唐傘連判状との名誉ある呼び名をもらうことになる。劇団は総ぐるみでオバサンの熱気に寄り添い、磨き上げ、この歴史的事件をよみがえらせた。

観客は、家族を見捨てなければならない親の痛切に涙し、一家の主であると同時に指導者として立ちつづけねばならない人物の苦悩に共感し、望みのない日々にも交わされる男女の情の深さに打たれた。

地元で評判になった『郡上一揆』は、やがて東京の劇団民藝に所属する滝沢修さんなどの認めるところとなり、一九六五年には『郡上の立百姓』と改題されて訪中新劇団のレパートリーに採用された。当時の新劇の中心的な担い手たち、滝沢さんをはじめ千田是也、東野英治郎、宇野重吉、戌井市郎、杉村春子、村山知義さんたち七人委員会の支持のもと、オバサンの掘り起こした奥美濃の一揆ばなしが海を渡り、中華人民共和国で上演されることになったのである。

中国でもずいぶん多くの観客が泣いたという。周恩来、朱徳、郭沫若といった彼の国の錚々たる指導者たちまでが舞台を観にきた。シュウオンライ、シュトク、カクマツジャクといえば、理想の社会主義国家をめざす強い指導者として世界にその名がとどろいていた時代である。日本の新聞はこのニュースを、舞台あいさつで並んだ周恩来とオバサンの写真入りで掲載した。

この中国公演の前年、ぼくははじめて新幹線という乗り物に乗って岐阜へ出かけ、初演の舞台を観た。電車賃はたしか四千円前後だった。ちいさな出版社の編集者として働きはじめたころで、月給は二万円に届かない。けれども岐阜に帰ったら、実家でひとり暮らしの母にすこしは小遣いも渡していかねばならない。そう思いつつ乗った夢の超特急の、時速二百キロというスピードに驚きながらの帰郷だった。

舞台から届けられたのは、人が人のために命を投げ出して闘う姿の美しさであった。とりわけラストシーンが美しかった。百姓衆が、一揆を統率した指導者たちのさらし首を前にして、蓑笠姿で踊る。死者を悼む踊りが「古調かわさき」から「げんげんばらばら」に変わり、しばらくして歌が消される。さっさっさっと蓑笠が触れ合う音、踊り手のわら草履の奏でるざっざっざっという足音だけが聞こえてくる。雪がいちだんと降りしきる。せりふも音楽も効果音も禁欲的に排除され、踊ることしかできない百姓衆の無念が舞台を満たして、幕が降ろされる。ぼくはこのシーンで泣いた。泣きながら、秩父困民党のことを思った。

郡上一揆と濃い血縁関係にある困民党の公演では、百人あまりの劇団員全員が総出で大隈講堂の舞台を駆け回り、秩父の修羅場が再現された。役者のひとりは、舞台装置に腹部をぶつけたけれど、そのまま四時間近い長丁場を演じきった。幕が降りたあと、動けないほどの痛みで入院したところ、肋骨が二本折れていたそうだ。終演後、熱気は舞台から観客に伝わり、講堂前の広場では帰りたくない人びとが車座になってすわったり、数人のグループを組んで立ったまま、困民党とは何かと熱っぽく語り合った。

四回公演で観客動員数は三五〇〇を超えた。チケット一枚七〇〇円、総売上げ約二五万円はわずかなものである。けれども、二日間で集まった観客の熱気を加算すれば、それはもう億を超えたような気がしたものさと、制作の加藤さんがよく思い出ばなしをする。

美恵乃さんは、困民党公演の舞台監督助手として、赤く光る懐中電灯片手に長い舞台をさばき切った。幹部連は演出部での仕事ぶりを認めつつ、それでも彼女を舞台に立たせようとした。

つぎの公演では、女優菊池美恵乃を際立たせるための興行主義的な方針が打ち出された。中国清朝の王族、愛新覚羅家の血を継ぐ者にして、男装の女スパイと騒がれた川島芳子の伝記を舞台化し、美恵乃さんに芳子を演じさせようというのである。

川島芳子は一九四八年、中国で国賊として銃殺刑に処せられた。十代のころから、失恋を契機に髪をばっさり切って男装ですごすなど、当時としてはかなりエキセントリックな行動をとったりする女だった。かと思うと、家系の華やかさから小説の主人公としてとり上げられ、衆人の好奇の目にさらされるような一生を送っている。そしてついに、国と国との駆け引きや時代の軋轢に踏みしだかれ、満足な裁判も経ずに処刑された。川島芳子の悲劇性には、白系ロシアの血をひく美恵乃さんと通じるところがある。そこを強調する劇団幹部の説得が功を奏した。舞台に立ってもいいと言った彼女に、幹部連は大きな拍手を送った。これで大隈講堂を四回満員にできる、その大衆路線で得た利益をつぎのJ・P・サルトル作の戯曲『汚れた手』に注ぎ込もうという計画は、この時点で実現しそうになった。

サルトルは哲学界の急進的な旗手として、また学生たちのデモにも参加する活動家として、すでに世界じゅうの反抗的な若者たちの支持を集めており、劇研でも熱心な読者が増えていた。『汚れた手』では、反体制の中心勢力であるはずの労働党がまっこうから批判される。サルトルが選んだのは一九四〇年代、多くのインテリ層にとって共産主義革命が崇高な目標であった時代で、主人公の若いユゴーは憧れの労働党に入り、指導部の現実派エドレルと出会う。エドレルは党是である革命路線に批判的で、ユゴーはエドレル暗殺を志願する。純粋でうぶなユゴーにとって、エドレルが進めようとする妥協とだまし合いの現実路線は、まさに汚れた手であり、がまんがならない。そんな彼にエドレルは言う。

「純粋は、修道士の理念だ。清廉潔白な政治なんてあるものか。きみは原理を、ではなく、人間を愛すべきだ」

直截なせりふである。エドレル役を割り振られた四年生が「いいせりふがあれば、そのために三時間の舞台をがんばれる。この一行がそれだよ」と言った。

人間味あふれる姿勢で硬直した党の方針を批判するエドレルに、ユゴーはしだいに惹かれるようになっていく。ところがある夜、ユゴーは自分の妻とエドレルが寝ているのを見つける。ユゴーは衝動的にエドレルを射殺する——。

読み終えたとき、一か月ほど前に観た『灰とダイヤモンド』が浮かんだ。通学途中の自由が丘駅そばの映画館で、三本立て通し入場券三六〇円のポーランド映画祭という催しがあり、その二本目が『灰とダイヤモンド』であった。東西文化圏両方の血を受け継いだような顔つきの若手俳優、ズビグニエフ・チブルスキーが、ラフな髪型とサングラスで、軽機関銃を手に殺し屋を演じていた。ポーランド気鋭の映画監督、アンジェイ・ワイダ三二歳のときの作品である。

チブルスキー演ずる反ナチレジスタンスの闘士マチェクは、戦争直後の一九四五年にはソ連に抵抗する殺し屋になっている。その彼に、ソ連の息のかかったポーランド労働党の幹部を暗殺する仕事が託される。政治活動の手駒として若者たちが使われるという設定は、『汚れた手』に酷似している。サルトルは舞台で、ワイダは映画で、消耗品として消えていく若者たちの悲劇を描きながら、未熟な彼らにも生き延びる資格があり、未来を夢見る権利があると語る。

映画の舞台は、ナチとソ連に二度蹂躙されて瓦礫と灰の街になったワルシャワ。灰の街で生きるマチェクは、党幹部を殺す前にホテルで働くクリスティーナと知り合い、愛するようになる。つかの間の愛は、生き延びようというせつなく美しいサインでもある。彼は最後の暗殺の仕事に向かう。愛より使命を上位に置いて――。

ダイヤモンドは、あまたの灰のなかから生まれる宝石である。ワイダ監督は灰から生まれたふたつのダイヤモンド、マチェクとクリスティーナに未来を見た。サルトルは『汚れた手』で、若いユゴーを殺人者として描きながら、彼の純粋さこそ希望であるという。

難解な哲学書などとちがって、台本は人間の生の声、せりふで構成される。サルトルはユゴーを主人公にして、党を、政治を批判し、なまなましい男女関係をからませて人間の深部を描いた。サルトルは哲学者か、それとも劇作家かと問われたら、当時のぼくたちは迷わず劇作家であると答えたはずである。それほどに、この哲学者の戯曲は魅力的だった。

『汚れた手』は、劇研の志になり、炎になった。もちろん学生演劇とはいえ、まず作者サルトルの了承を得なければならない。けれども一介の学生劇団が、気鋭の哲学者に対して唐突に上演許可を申請するなどは無鉄砲の極みだった。さいわい劇研には秘密兵器があった。フランス語をたくみに操る演出部の秀才、草野明夫さんである。ぼくより学年はふたつ上で年齢は三〇歳、一度政治経済学部を卒業したあと、学士入学で仏文科へやってきた。うわさによればエドレルと同じような理由で政治に失望し、文学に未来を見て学士入学したらしい。演劇を文学の行動系としてとらえ、いずれは自分の劇団を創設する予定であるが、まずは身近な学生劇団に身を投じて修行旅をしようという腹だと聞かされた。

草野さんの読みによれば、サルトルは、パリの学生デモに加わるほどの若者シンパサイザーだから、見ず知らずであれ日本の学生集団に共感を寄せる可能性はある、そこを突破口にすればいい返事がくるかもしれないとのことであった。

読みは正しかった。戯曲の使用料は必要なし、ただし上演時の日本語のパンフレットを送るように、との破格の条件で許可が下りた。あとでわかったところによれば、ほかの職業劇団などからのオファーもあったが、それらを出し抜き、劇研が日本初演の看板を掲げることになったそうである。

ここまでくれば、女優菊池美恵乃を大看板にして、学生演劇の枠を超える大衆路線で稼ぐというプランは、どうしても実現させる必要がある。ところが、まるで舞台の暗転のごとく、かんじんの美恵乃さんがいなくなってしまった。同郷の男と恋におちたといううわさが立ったかと思うと、とつぜん姿を消してしまったのである。おかげで、実現したら当時の学生演劇では前代未聞になるはずだった興行の試みは、綿菓子のように消えた。

さいわい『汚れた手』は、加藤さんを中心とする制作陣が献身的なアルバイトなどで資金を集め、上演までこぎつけた。大学新聞や学内のミニコミ誌の劇評は、「我々の内なる敵に一矢報いる快挙」、「サルトルと日本の学生演劇集団が、国際反権力闘争の真実と人間の深層に迫った舞台的結実」と賞賛した。しかし残念ながら、快挙も結実も、学外のジャーナリストや新聞雑誌を動かすまでには至らず、学生演劇のちいさな世界でいくらかの波紋を広げただけに終わった。

＊

「おーい、聞いてくれ。美恵乃の消息だけどな」

加藤さんが声を上げた。

「長いこと楽しんできた劇研伝説にピリオドを打つようで申しわけないけど、美恵乃ばなしは、ついに終幕近くまできてんだぞ」

屋形船がしーんとなった。

加藤さんの話によれば、彼女が住んでいるのは三浦半島の先端城ヶ島で、みやげもの屋の女房として元気に暮らしているとのことだ。城ヶ島は、東京品川から一時間あまりで行ける距離にあり、けっこうにぎやかな観光地である。最近、新鮮なまぐろを食わせる街として、三崎から城ヶ島にかけての一帯を訪れる人が増えている。島には、貝細工のみやげ品を売ったり、さざえの壺焼きを食べさせたりする店が三十軒ほど並んでいて、美恵乃さんの店はその一軒である。三人の子どもと六人の孫に囲まれ、幸せを絵に描いたような日々を送っているそうで、そこまでリアルに報告されると、伝説とのあまりの落差に首をかしげたくもなる。

「でも本物だったよ。驚いたねえ、しわは増えてるがあのきれいさはほとんどそのままさ。お化けだね、お化け。美恵乃はおれのことも覚えていたよ。あんた、むかしと変わらないね、むしろ学生のころよりおとなの色気があるかもしれないって言ったら、いえいえ、孫もたくさんですっかりおばあちゃんよ、だってさ。あの歳なのにまだじゅうぶん色気まで漂ってて、おれ、ぼーっと見とれちゃったよ」

加藤さんが撮ってきたカラー写真があった。目のまわりのしわは隠しようもないが、たしかに年齢を超えた不思議な色香が漂っている。半世紀を経てなお彼女の美しさは衰えず、肌の白さとエキゾチックな高い鼻が目立つ細身の立ち姿は、すれちがう者を思わず振り向かせるほどの気を放っているという。

「おかげで近所の長老は、彼女に出会うと手を合わせて拝むっていうんだよ。城ヶ島といえば名の知られた観光地だぞ。そんな近場で、年寄りの頭を下げさせるような、まるで山奥のかくれ里で育ったやんごとない姫君のような女になってるなんて、びっくりだろう。けど、それだけ彼女が超越した何かになったってことなんだよな。巫女かそれとも女神のような存在に、ね」

「つまり、菊池美恵乃は島の神さまになっちゃったってことですか。あの気品ある美しさには何か潜んでるような感じはしたけど、まさか女神にまで昇りつめるとはねえ」

「ほら、彼女の目、青いだろう。あの色が、素朴な人たちには外国人ていうより、神がかって見えるんだろうね」

「へえ、あの目、いまだに健在なんだな」

だれかがため息まじりの感想をもらした。

「ばか、目の色が変わるわけないだろ」

加藤さんは笑いながらしめくくった。

「女優か、それとも島のご神体か、どっちがよかったかはわからないな。芝居の世界で生きてきたおれたちとしては女優になってくれたほうがおもしろかったんだけど、神になったっていうのも、じゅうぶんドラマチックではあるぞ。あんたたちも興味あるんなら、一度城ヶ島へ行ってたしかめてこいよ」

「おー、行こうぜ。女神詣でに」

「みんなで野次馬してくるか。ついでにまぐろも食ってこようや」

軽口が飛び交った。じつはこの花見をさかのぼること約四〇年、ぼくは巫女のような美恵乃さんと、それこそドラマチックな邂逅を果たしていた。消息不明になって一〇年ほど経ったころ、仕事のつながりで思いがけず彼女を取材する機会があったのである。けれども、加藤さんの追跡に敬意を表して屋形船では触れないことにした。

ぼくが知っている伝説の途中――これは、いずれもっとゆっくりした時間があるときに披露すればいいだろう。

未来は見えているか

屋形船はスカイツリーを右正横に見つつ、ゆっくりと隅田川を漂っていた。みなは、それぞれに学生時代へと思いを馳せた。何しろ、半世紀を経てはじめての花見の宴である。あのころは日常的だった学生運動への献身と、演劇青年としての矜持から、桜便りなどにはまったく目もくれなかった。そんな面々が花を愛でるまでに枯れ、半世紀のあいだそれぞれに演じてきた役割を思い返し、語っている。

船縁に立って花に視線を送る者、回らない首を懸命に振ってスカイツリーを見上げる者、酒に弱くなったのも忘れて飲みすぎ、畳に寝転がる者、一九六〇年五月の大隈講堂における全学連反主流派の集会でなぐり合ったというので、先輩に手をついてあやまる者、携帯電話で撮った孫の写真を強引にまわりに見せる者など、色とりどりの五〇年目が展開する。ぼくはそれを、映画の一シーンのように見物した。

ゆるやかに流れる時間を、聞き慣れた声が打ち破った。

「そうなんだよ、資本に主義主張なんてないんだよ。資本主義なんて言葉は、形容矛盾だって言いつづけてきたろう。資本てやつは、いまや世界全体を覆うほど大きくなって、ただ暴走するしかないのさ」

「おい、ノブがまたはじめたぞ。あいつの声、ハンフリー・ボガートばりで変わってないな」

「久しぶりにあの渋い演説、聞いてやるか」

「あいつの資本論、意外に説得力あったんだよ」

「そうだったよな。彼、専門は西洋哲学なのに、マルクス経済学なんてかじっててさ。むつかしい専門用語使わないから、おれみたくボンクラにもわかりやすかったよな」

一年上の山本信治、ノブチンは劇団きっての論客だった。共産主義と資本主義の対立のなか、これから世界はどこへ向かうかといった大きな議論になると、彼は資本に主義などない、あれは貨幣経済がはじまって以来増殖をしつづけているばい菌であり、欲深い人間が考え出した最悪の「歴史加速装置」だと断定した。

彼は、いよいよゆるぎない姿勢を堅持していた。共産主義はいまなお人類の到達した最高の理想主義である、ただし運用する人間の愚かさに気づかないまま制度を実現させようとしたところに誤謬があったと、彼は一九六〇年当時より確信に満ちた口調で言い張った。

スターリニズム、毛沢東主義などの共産主義的独裁支配はすべて、理想とかけ離れた地平へ人びとを連れていき、一九九〇年代には、ソ連をはじめとする共産圏諸国が目標を見失ってつぎつぎに倒れていった。その結果、目先の豊かさを求めて狂奔する自由主義諸国の方向こそ善であるかのごとく多くの人びとが思いはじめたけれど、それはほんとうに正しかったのか。

「資本主義経済がすばらしいなんて、だれがいえる？　靴下やらパンツに無数の選択肢があって選ぶに困るような世界が理想だったんか？　物のバリエーションはほんとに豊かさの象徴といえるのか？　街へ出たとたんに、多すぎる人や物を前に立ち往生してしまう人がいるんだぞ。それは神経が敏感すぎるからだって決めつける前に、おのれの鈍感さに気づくべきなんだよ。こんな東京のにぎやかさは単なるまやかしさ。多すぎる物を前にして、選ぶことができなくなってしまう魂だってある。主義なき資本の暴走に巻き込まれて、物質的な満足に酔ってる人間の末路は目に見えてるよ。いまや暴走はさらに加速して、一〇年前の一〇日はきょうの一〇秒にまで縮んでしまってる。時間軸はひん曲がり、いったい未来なんてどこへ消えてしまったのかね」

一九九一年一二月、ソビエト連邦の大統領ミハイル・ゴルバチョフが辞任し、同時に連邦解体のニュースを聞いた。ノブチンはみなの視線が集まっているのを意識して声を低くした。

「あんとき、理想に向かっていた国がひとつ消えてしまったような寂しさを感じなかったか。おれは、勝ち誇る資本経済が加速してったら、未来はどうなるのかって、正直不安だったね」

頭のなかで半世紀という時の車輪が音を立てて回りはじめる。

いつも正確な未来図を描いてみせてくれたノブチンは、未来をどう読むのだろう。あの当時、理想国家のひとつであった千里駒の北朝鮮への亡命計画が議論されたことがある。彼を含む劇団内急進派がずいぶん真剣に考えていたあの計画は、その後のあの国のていたらくを見れば、実行しなくてよかったのだろう。

東京タワーとスカイツリーのあいだには、そんな夢がたりの時間もまた流れた。ぼくはノブチンに訊いた。

「覚えてるかな。あのころ、北朝鮮へガイセン亡命するか、なんて話してたこと」

皮肉っぽい質問に対し、彼は照れながら応えた。

「いやあ、正直なところ、七〇パーセントは行こうかと思ってたよ。けどな、あのころもう金日成に関する英雄崇拝のにおいはぷんぷんしてたろう。理想に向かう国のイメージと、ひとりの英雄をあがめる奴隷のような人びととのギャップがどうにも奇妙でね。そんな不信感がぬぐいきれなくて、それで行けなかったんだよ」

「へえ、そうだったのか」

「まあ、あのこと持ち出して、あんまりいじめるなよ」

「てことは、あの亡命計画、ノブチンにも苦い思い出なんだ」

「そう。でもな、おれは理想の世の中のこと、いまでも考えてるぞ。それはやはり資本経済と対極にあるもんで、すべての人間が等しなみに幸福な生活を送れる社会。言葉にすりゃどうにも陳腐だけど、それが望みだね。ところが資本経済という悪魔が、巧妙に姿を変えて理想社会を見えなくしてる。それは、きみらにもわかってるんじゃないのか。いまや資本自体が巨大化して、全体を見通せないまま、ごろごろ寝返り打ってるだけなんだよ。恐慌やら経済破綻やら、それらはみんな資本暴走の足跡でね。全体がどう動いているかはだれにもわからない。手と足が別々の方向に動こうとしたり、アメーバみたいに伸び縮みしたり、行き先も知らずにどろりぬらりと動いていく。かと思うとね、とつぜん狂ったようなスピードで走りはじめるんだよ。それがつまり経済恐慌、バブル崩壊。世界じゅうで、いつそれがはじまってもおかしくないのさ」

「わたしにもちょっと言わせろ。わたしらが駆け抜けた昭和って時代は、何だか歴史のあだ花のようでもあったろう。きのうよりあした、未来だけが輝いてて。それがよかったのかわからないが、とにかくみんなで走り通したんだよ。あのときから半世紀、ノブチンは未来が見えなくなったって言うんだな」

口を開いたのは、まぶしいほどの白髪を後頭部でしっかり結わえ、仙人のような風格を漂わせているムリさんこと武藤理介である。三年先輩のムリさんは、背丈一六〇センチの小柄ながら舞台で見栄えのする役者だった。ゴーゴリの『検察官』で主役のにせ検察官を堂々と演じて観客をうならせたときには、ムリさんは映画俳優になったらいけるんじゃないかなどとうわさされた。けれども背が足りなくて、プロとしては大成はしないと早々にあきらめ、家業の佃煮屋を継いだ。いまでは前掛け姿で毎日佃煮を煮ているそうである。

「朝から佃煮を煮てて、あっという間に昼飯どきになるだろ。きょうはうまく煮えたかなあって味見する、おいしい、ようし行ける——それが、いまのわたしにとって至福の時間なんだ。未来はもういい。この充実感だけでいい。これってエゴイストか？　ノブはどう思う？」

「すばらしいじゃないですか。おれもそんな満ち足りた時間がほしいや」

「素朴にいえば、そうやって仕事の至福を味わってるんだが、わたしの店のある佃島界隈は古い土地柄でさ、最近建ったすげえ高層マンションがずいぶん並んでるが、その麓にゃむかしながらの近所づき合いなんてのがあるんだな。おはよう、きょうもいい天気だね、おいしいアサリが煮えたからどうだ、買ってくかい、って声を交わしたり。そういうつながりに包まれての至福ってわけだよ」

「そんなムリさんに乗っかって言えばですね、これから世界がどうなっていくかのヒントが佃島にあると見るな」

「おいおい、とつぜんそんな話になるのか。どういうこったい?」

「たしかドイツ哲学のだれか、ハイデガーだったか、近代人はふるさとを喪失したハイマートロース。きみたちが未来を見失ったらふるさとを思え、って書いてる」

　きまじめに言葉を選ぶノブチンに、ムリさんが食いついた。

「そうか、そこね。思い出したよ。地べたに根を下ろして立て、ってやつ。ほら、ボーデンなんとか、アイスクリーム屋みたようなドイツ語、そうそう、ボーデンスタンディッヒカイト、って発音したんじゃないかな。最近のことは木の葉みたいにどっかへ飛んでっちまうのに、あんなむつかしい文章よく思い出せたよ。わたしゃ、ただの佃煮屋なんだけどさ」

「ムリさんが思い出したドイツ語、ボーデンなんたら、それですよ。いまふうに言えば、地域に根差す、かなあ。佃島はさすが過密都市のなかで、経済がじゅうぶん回っててうらやましいくらいですね。おれの田舎、静岡の清水だからそんなに遠くはないんだけど、それでも東京へ出てきてハイマートロースの仲間入りして五〇年、清水へ帰るとやはり東京とちがって地べたに立つって感覚がよみがえってくるんだ。海があって砂浜があって、風景はそのままでーんとある。でもムリさんの江戸と決定的にちがうのは、ずいぶん人がいなくなったこと。昭和の中期には清水もリトル東京になって古いものをつぎつぎに壊して、おかげで街のたたずまいは小ぎれいになったけど、いまや人口減で繁華街は閑散としてるよ。ゴーストタウンて言ってもいい」

ノブチンだけに言わせておけず、声をあげる。

「そうだよね、地方出身者の多くはひさしぶりに帰ってみて、がくぜんとするんだよなあ。このところ何度か田舎へ帰る機会があって、あちこち見物して回るとね、かつては全国に名を轟かせていた、柳ヶ瀬っていう演歌的な繁華街が静まりかえってるんだ。寂しいよ。ふるさとは死につつあるのか、って。人はやさしいし、空気はやわらかいし、住むにはだんぜんいいんだよ。人とぶつかりながら歩く都会とちがって、人と人の距離感も適度で心地よくて、ほっとするしね」

「どの地方都市もおんなじ。東京が元気なのは、資本のエネルギー源になる過密って名の餌が無限にあるからさ」

ノブチンは吐き捨てるように、カミツと言った。

「肩をぶつけなきゃ歩けないほど混み合ってて、息がつまりそうだという条件、つまりそれこそは資本が舌なめずりですり寄っていく高効率の甘い蜜であってだね、拡大志向しかない資本お化けのゆりかご、もってこいの餌場ってことさ。幸か不幸か地方都市にはそれがない」

人がひしめき合う首都の過密のなかで、ぼくたちは脇目もふらず働いてきた。

話しているうちに、むかしの柳ヶ瀬の光景がよみがえってくる。昭和四五年ころ、雑誌記事の取材で何度かこの繁華街をうろつき回ったことがある。当時は夜に働く若い女性の姿がめだっていた。長良川の鵜飼見物をすませ、柳ヶ瀬にくり出した浴衣姿の酔客に、侍女のようにつきしたがう夜の衣装の女たちである。

調べていくうちにわかったのは、柳ヶ瀬で働く女性の多くが、数年前に東北や九州から中京地区の繊維工場街へ集団就職でやってきた女学生だという事実である。彼女たちは昼間は工場で働き、夕方には工場に隣接する夜間高校で学び、すぐとなりの独身寮で寝泊まりしていた。

「わたしら、いってみれば三点生活者なんです」

取材した高校三年生が言った。閉ざされた生活空間を行ったりきたりの道すがら、寮の前の看板に書かれた「高給で働ける街柳ヶ瀬に来ませんか」などの文字が目に入るようになる。夜の柳ヶ瀬で飛び交うにぎやかな嬌声は、もうひとつの耳で聞けば、冷酷無情の資本に踏みつけられた人びとのうめき声だったのかもしれない。

＊

柳ヶ瀬の街の下には、もうひとつの長良川が流れている。伏流水という豊かな支流である。その上に水子供養の弥八地蔵尊が座しているのは偶然ではない。

小学生のころ、長良川を流れてきた水子を見たことがある。長良橋の下の人だかりにつられて行ってみると、地面に置かれた木箱のなかにちいさなピンクの物体が見えた。おとなたちが、見てはいけないもののように、布をかぶせた。それが水子というものであると知ったのは、ずいぶんあとになってからである。柳ヶ瀬の弥八地蔵が水子供養の地蔵尊だと聞いたとき、ぼくは木箱に入っていたものを思い出した。

柳ヶ瀬の弥八地蔵の山門の上に、一〇メートルを超えるコンクリート製の大きな地蔵尊が建てられたのは、昭和二五年のことである。近くに住む篤志家が造ったもので、それほど大きな地蔵尊は当時ほかのどこにもなかったであろう。大きさだけでなく、左手に赤子を抱き、足許に三人の子どもを遊ばせる姿は、どこやら縁起絵巻の一場面のようでもあった。

元々の弥八地蔵は背丈五、六〇センチのちいさなもので、いまは山門奥の誓安寺の一角に安置されている。その由来については織田信長の世までさかのぼるという。

信長の家来に、弥八郎というたいへん乱暴狼藉のさむらいがいた。信長の命により敵を追って寺の本堂まで入り込んだある日、槍を振り回しているうちに本尊の胸を刺してしまった。するとそこから血が噴き出し、弥八郎を染めた。血まみれの弥八郎はその場で動けなくなり、家来たちに助けられてようやく寺を逃がれた。以来、弥八郎は槍を捨て、頭を丸めて仏門に入る。いくさに散った者たちを敵味方の区別なく葬ることで、犯してきた罪のつぐないをしようと、土地を求め、寺を造った。それが誓安寺である。

あたりは水はけのよくない湿地帯で、古くから墓地や刑場が置かれてきた。寺は、弥八郎の改心伝説にほだされてお百度を踏む人たちの信仰を集めただけでなく、柳ヶ瀬で働く女たちの心の拠りどころともなった。寺の入口に建立された巨大地蔵尊は、ちいさな弥八さんを慕ってきた柳ヶ瀬の女たちの祈りをさらに広く、多く受け入れるべく建立されたようにも見える。

年寄りたちは、完成して間がない弥八さんについてはずいぶん好意的で、うわさばなししているのをよく聞いたものだ。

「あんだけ大きいで、願いごとしたらご利益もたんとあるやろな」

「たわけ、欲かいたらあかん。水子を抱いて供養してくだれるし、疳の虫を退治してくだれるしで、そらもうご利益なんか超えてありがたいんやでな。欲得抜きで拝まなあかん」

近所のコーサオッサマは、地蔵がぼくに似ているという。

「長い頭のかたちがそっくりじゃ。鼻も弥八さんみてえに大きいしな」

弥八地蔵には、まだ会ったことがなかった。ぼくは、柳ヶ瀬にくわしい年上のゴッサをさそって出かけた。長良橋北詰めの鵜飼屋駅で路面電車に乗って一五分あまり、柳ヶ瀬の停留所で電車が止まる寸前に、右側の車窓から背の高い弥八地蔵の横顔が見えた。日曜日の柳ヶ瀬は、電車通りにまで人があふれてにぎやかだった。人混みをくぐり抜け、弥八さんと正対できるところまで歩く。高さ一〇メートルあまりの地蔵を下から見上げると、しぜんに口が開く。

「このへん、くるたんびになんか妙なもん感じるで、怖がいんや。見てみ、ぞぞ毛が立った」

ゴッサは鼻の穴をふくらまして、毛深い腕を見せた。たしかに、毛がまばらな林のように立っている。ぼくたちは顔を見合わせ、前とちがう気分になった。

地蔵尊は、東西に走る若宮町大通りの北側にあって南を向いており、通り越しに正面から見える顔は縦に長く、耳も巨大である。突き出た鼻が、顔の中央に山のようにすわり込んでいて、左手に赤ん坊を抱いている。地蔵の足許にまとわりつく三人の子どもたちのうち、向かって右側にいるのは、踊るように左足をひょいと上げている。中央の子どもは、地蔵の両足の間からどこか遠くをながめている。左端の子どもは両手を錫杖にかけて、地蔵を見上げている。

子どもが三人もじゃれついているのは、地蔵がだれに対してもやさしいからだろう。そう考えるとすこしほっとした。けれども、コンクリート製であることを思うと、どこか嘘くさいにおいも漂ってくるのだった。

＊

「繁華街がそんなふうに栄えた時代もあったんだけど、いまや、つわものどもが夢の跡さ。ツワモノじゃなくて、はっきり言ってしまえば死者たちの、かな」

隅田川をたゆたう屋形船のなかで、議論はつづいた。ぼくが死者と発言したのをノブチンが静かに制した。

「それはちがうよ。何も死んじゃいない。ちゃんと生きてるんだよ。ただし、すこしテンポが遅いだけなんだ。だいたい、東京の速度で田舎の営みを見ちゃいけないよ。東京が早すぎるのさ。誤解を恐れずにいえばだね、東京じゃ資本主義はいつも急ぎ足、マツのふるさとの柳ヶ瀬なんかじゃ、いってみりゃあ共産主義的ゆるやかさで時間が流れてるんだな」

「なんだよ、その共産主義的っていう古めかしい言い方は」

「最近、気になってしかたがないことがあるんだ。コミュニズムを共産主義と訳したのがだれだかは知らないけど、あれはまちがってたんじゃないかってね」

ノブチンは、ぐるりとみなを見渡した。

「コミュニズムの語源はコミュニティ、コミューンで、地域とか地方って意味だろ。コミューンは同時に、コミュニケーションの語源でもあってさ。つまりだよ、共に産むの共産主義じゃなくて、同じ場所で産まれたから同産主義、または共に生きるで共生主義くらいでよかったんじゃないか。こちこちの共産主義って訳語じゃなくて、もっとやわらかい詩的な表現にすべきだったのかもしれない、って思ったりするんだ。ともかく、佃島でも柳ヶ瀬でもいい、一度ふるさとをイメージしてみようよ。主義の議論をする前にさ」

「あいかわらず、シュギシュギって、やってるわね」

割り込んできたのは、お茶の水女子大生でありながら劇研に通っていたフーコ、大森房子だった。彼女も学生時代から論争が好きで、じつによくしゃべった。男だけの議論は強い言葉がぶつかり合って、ぎすぎすしがちである。けれども彼女が加わると、丸い雰囲気を持ち込んでくれてするどいとげが消えていく。論が火花を散らすのではなく、溶け合うように進む。フーコもそんな役割をよくわかっていて、主張し合う男どもの声に大岡裁きを下すことがよくあった。

「わたしも気になってたわ。たしかに、共産主義という訳語は堅いよね。コミュニズムは厳密に言えば、地域主義とかせいぜい共同主義、かなあ。でも、そういう言葉さがしとは別に、共産主義を何かおどろおどろしいものにしてしまったのは、みんなも知ってるとおり指導者たちでね、党の仕組み自体が硬直化したからなんでしょ。おかげで、本来理想的だったはずのシステムまでが教条主義のこちこちになっちゃってさ。その責任はとっても重いよね。あえて言うけど、男社会が残した重すぎる負の遺産、てとこじゃないのかな」

「おー、フーコ。男社会に楯突く反権力のオンナ戦士、健在か」

「あんた、まだ反体制やらフェミニズムなんてやってるの?」

「いやだねえ、やってるって言い方は。やってるんじゃなくて、基本ですよ。生きる哲学、きみたちだってみんな持ってるでしょう」

「テツガクか、そういう学問もあったっけね。おれのテツガクはいまや、クソして寝ることくらいかな」

「あいかわらずきたないね。せめて本読んで寝る、くらいにしなさいよ。じゃなきゃ頭が腐る」

「あいかわらずきついなあ」

「そのきついとこがフーコだもんな。変わらないとこがいいよ」

「若いよ、フーコ」

「おぼこい、って言い方もしたよな」

「青いとか、黄色い、うぶい、もあった」

「おやおや男の子たち、まだまだ青くていいなあ。青いっていうのは、ほめ言葉なんだよ」

揶揄と賞賛が飛び交う。照れたのか、頬をすこし赤くしてフーコが言った。

「みんなも変わってないわね。遠慮も配慮もなくて、率直で。このメンバーでもう一度芝居やれたら、さぞおもしろいでしょうに」

ノブチンとフーコの話はつづいた。

ぼくは久しぶりに聴くなつかしい学生用語の感触を楽しみながら、このところよく帰る岐阜の風景をまた思い返した。

小学生のころ憧れだった柳ヶ瀬は、弥八地蔵のあたりから南に広がる歓楽街で、二五万の岐阜の人口からすれば大きすぎるほどであったが、昭和五〇年前後には、日本全国からくる観光客が通りを埋めていた。けれども四〇万都市になったいま、ウイークデーにはどの交差点に立っても歩いている人の数をかぞえられるほど、人影はまばらである。

あのころの柳ヶ瀬は昼間も夜も、人びとであふれていた。二〇館ほどの映画館がきそい合うように軒を連ね、それぞれに華やかな映画スターの大きな似顔絵ポスターで飾り立てている。となりではパチンコ屋がラウドスピーカーから威勢のいいマーチを流し、ちいさな鉄球を集めれば大きな夢が手に入ると、けたたましく叫んでいる。かと思うと、少し脇に入った路地奥にはストリップ劇場が何軒も並び、映画館とはあきらかにちがういかがわしいポスターが貼ってある。

騒音と人びとの流れと、けばけばしい色彩があふれる柳ヶ瀬は、ちいさなぼくにとって、お好み焼きからゆであずき、みたらし団子、鉄の玉からストリップまで、なんでも出てくる大きな玉手箱のような街だった。

一度、遊び仲間のひとりが、親戚にもらった株主優待券で映画館に乗り込もうと提案したことがある。中学生はおとなの引率なしに映画を観てはいけないという決まりがあったけれど、優待券を持っていれば、もぎりのお姉さんは黙って通してくれるはずである。おとなの世界をのぞき見したいという冒険心のあと押しもあって、三人はつま先立ちして映画館に入った。

映画はたしか大映の時代劇で、どんな物語だったかは覚えていない。何より驚いたのは、映画のつぎにナマのストリップショーが上演されたことである。

若い女が十人ほど舞台に出てきて、テンポのゆっくりした流行歌に合わせて踊りながら衣装を脱いでいく。はじまってすぐに、これはおとなたちが小声で言うところのストリップなるものだとわかった。けれども、見てはいけないものを目の前にしている罪悪感と、だからこそ見逃がせないという好奇心が競い合い、からだを縮めながら結局最後までしっかり見届けた。

休憩時間になって明かりがついたとたん、ぼくたちはふさわしくない場所にいることを意識してたがいに目配せし、入ったときよりちいさくなって外へ出た。映画館を出てふたたび見る柳ヶ瀬の街は、女性の裸姿のまぶしさでくらくらしていた目には、むしろなつかしい感じがした。

「ちんぼが変やったな。ふくらんどったぞ」

「なんやろな、あれ」

「おとなになる、いうことやないか」

三人とも同じ変調を体験していたけれど、理由を知る者はいなかった。ただ、おとなになるというのはこのことかと、おたがいの目を見ておぼろげながら気づいた。記憶の奥底の、それはいまもくっきり生々しい部分である。

半世紀以上前、そんな思いに頭を占領されつつ歩いた映画館の横の路地が、二〇〇〇年をすぎたいまも残っている。人がやっとすれちがえる程度のせまい路地の左右に、錆ついたトタンの波板で覆われた、間口一メートルもない飲み屋がひしめき合っている。野良猫が数匹、ひと気のない路地の奥から侵入者をじっと監視している。路地を埋めていたはずのかつての喧噪が、耳のなかで残響のように鳴った。けれどもそれはすぐに消え、路地の幅だけの細長い空をはさんで向かい合う数十軒の店が、氷づけされたように横たわっているきりである。

斜めに差す午後の光が、貫禄のついた錆や汚れをあからさまに照らしている。何十年という歳月が錆になって閉じ込められたちいさな柳ヶ瀬の路地は、時間の表徴としてそこにある。いつの間にか美醜を超えてしまって、いっそのこと香気と呼んでもいいような乾いた気配が、錆色のそこかしこからにじみ出ている。けれどもつぎの瞬間、封じ込められた時間はいつかまたよみがえるかもしれない、というちいさな予感が電流のようにからだを走り抜ける。なぜなら、錆は死んではいないのだから。

屋形船を降りるとき、ノブチンがムリさんに向き合っていた。ぼくはそのやりとりを聞き逃さなかった。

「さっきのつづきですけどね、ロシアの抒情詩人のエセーニン、ほら啄木みたいで感傷的すぎるって、おれら学生時代にはちょっと敬遠してた人物。彼が歌った詩で気になるのがあったのを思い出しましてね」

「ああ、エセーニンね。わたしは似非人、なんて漢字を当てて軽蔑してたっけなあ」

「そりゃかわいそうだ。革命の疾風怒濤にうんざりした彼の詩に、こんなのがあったんですよ。――天国は要らない、ふるさとを与えよ、って。いまになってこの一行が重いと思うな」

「ほう、天国は要らない、ね」

「はい、ここで言うふるさとは、たとえば佃島のことじゃないかって気がしませんか」

「ほう、あすこも、かい」

＊

第二章　長良橋から面影橋へ

女たちの泣き笑い

大学合格通知の電報が長良崇福寺前のわが家に届いたのは一九五八年の春、ちょうど母とふたりで遅い朝食をとろうとしていたときであった。

「お母ちゃん、受かったよ」

大声で叫んで母に「サクラサイタ。ゴウカクオメデトウ」の電文を見せた。

「よかったね、ユーチャも東京行くんや」

母は電報に一瞥もくれず、ちゃぶ台越しにこちらを向いて涙をはらりとこぼした。母の涙は流れ落ちるのが速い。粒が大きいせいか、頬のしわのせいだろうか。湯飲み茶椀に涙が落ち、ちいさな波紋がぷるんと広がって消えた。大根の千切りの入ったみそ汁に挽き肉とキャベツの入ったオムレツ、それにひねたたくあんを並べた小どんぶりの、いつもどおりの朝食をとる。

母の涙は苦いわけでもからいわけでもないけれど、息子三人が親元を離れて東京へ出ていったことへの恨み節がすこし入っている。長男の喜一郎は赤ん坊のとき、跡取りのなかった本家へ拉致されるように持っていかれた。その罪ほろぼしでか、大学進学にあたってはまるでお大尽の家のような上京手配がなされた。当時はまだ家業の馬車による運送業の羽振りがいい時代で、兄は新宿区戸塚の大学に近い、神楽坂の二間つづきの下宿をあてがわれた。悪い相手にだまされないようにとつき合う芸者まで用意してあったそうで、それを聞いたとき、なぜ学生の身分で二部屋も必要なのか、理由が呑み込めた。

部屋は、神楽坂の路地裏にある黒板塀にかこまれた家の二階になる。下宿代も入れて、本家の跡取りの教育費はいったいどのくらいになったのだろう。二階の窓辺で、遠くに目をやる兄の写真が残っている。写真からは芸者の匂いなどいっさい感じられず、昭和の明け方を生きる地方出のうぶな学生のふんい気が漂うばかりである。ただし、理系へ進みたいという希望が退けられ、家業を継ぐため商学部に行かされたことだけは、兄の心残りだったらしい。

次兄の喜次郎は志望どおり同じ大学の理工学部に進んだけれど、そのころには本家の経済的凋落がはじまっていて、分家ものんびりしてはいられなかった。喜一郎のように優雅な学生生活は望むべくもなく、希望の学部に進んだわりにはずいぶん苦学したようである。

朝鮮戦争がはじまり、またきな臭い時代になるのかと世間が気色ばんだ一九五〇年、喜次郎は岐阜へ帰ってきた。脊椎カリエスをわずらってしばらく休学することになり、療養をかねての帰郷だった。兄たちは会うたびにぶつかっていた。

「芸者つき、っていっても、商学部行かされてしあわせや思うか」

望みの進路を変更させられた喜一郎がぐちれば、喜次郎が反論する。

「理工学部はいいけど、すかんぴんでアルバイトばっかではがまんならんよ」

小学生のぼくには、芸者もアルバイトも、別世界の言葉のように聞こえた。

父はといえば、兄たちや母から焼け出されの戦争ぼけ、などと陰口をたたかれるほど生きることに萎えていた。週に三日ほど、親戚の市会議員宅へ出かけて経理事務の手伝いをする程度の稼ぎで、家計は苦しかった。

母が質屋を利用していることに気づいたのは、高校二年になってからだった。母の財布がやけにふくらんでいる。不審に思って無断で開いてみると、大量の質札が出てきた。母の里は広大な田畑を持つ素封家で、嫁入りしたときには簞笥五棹にたっぷりの着物を詰めてきたという。けれども、質札を見るかぎり、父が一家の柱を降りて以降、母は質屋に頼って、持ってきたものを売り食いしながら子どもたちを育ててきたことになる。

ぼくは青くなった。家計のことなどまるで考えないまま高校へ行き、大学へ進もうとしているのは、あまりに無神経すぎないか。質屋に通う母のことを無視して、東京へ出ていってしまっていいのか。もう一度そっと財布を開け、質札の束をつまみ出す。母は何を質種にしたのか、いつごろから質屋に出入りしていたのか知りたかった。

質種のほとんどは着物で、質札の日付けは古いもので三年前になっていた。古い質札をたいせつに持っているのは、おそらくいつかは質請けするつもりがあったからなのだろう。けれども、質流れの期限は三か月間と決まっている。それ以上古い質札など、着物がもう戻ってこないことの証しでしかない。母の簞笥から質屋に運ばれた品々が記された紙束は、あまりに哀しいわが家の家計簿でもあるのだった。

「たわけらしい、そんなこと心配せんでもええ。お母ちゃんとお兄ちゃんでなんとかするで、あんたは勉強することだけ考えとりんさい」

うちには三人目を東京へ出すだけのお金はないんやないか、と声を低くして訊いたとき、母は事もなげに明るくそう応えた。

「ほんなら、ええんか」

「受かったあとで何を心配しとる。本家へ行ったニーサマの学生時代にはな、だいぶ余裕もあったで、神楽坂のりっぱな下宿におったんやが、いまは時代もちがうし、そこまでは無理や。ほやけど東京にはキーチャもおるで、そこから学校へ通ったらええんや。できるだけのことはしたるつもりやで、そんなちいさい料簡ではだちかんがね」

質札を抱えた親のせりふとも思えなかったけれど、あっけらかんとした確信が感じられた。

「そうかね、わかったよ」

母の頰を、また涙が伝わっていた。けれども三人目の息子の上京とあって、ずいぶん慣れてきたのだろう。わずか数秒で笑顔がもどり、ぼくは質札を忘れることにした。

＊

母の里は、長良橋から北へ路面電車で終点まで二十分、そこからトテ馬車でさらに三十分ほど北上した山県郡の太郎丸という片田舎である。トテ馬車は、軍隊ラッパをトテチトテチと鳴らしながら走る乗合馬車の愛称で、歩くよりすこし速い程度の速度しか出せなかった。それでも、バスが走るようになる前には、けっこう客が乗っていたものである。

母は一六歳でにぎやかな街なかの父の家に嫁入りし、以来コマネズミのように働きながら八人の子どもを育ててきた。八人のうち、男ひとり女ひとりを生まれてすぐになくしていて、母に言わせれば、そのふたりはほかのだれよりも頭がよくてかわいかったそうである。身長一四〇センチの小柄なからだのどこに、本家の運送業の下働きをつづけ、男女八人の子育てをする体力がひそんでいたのだろう。

兄たちは「おまえがくわえていたおふくろの乳房は本物のスルメのようやった、あれでよく乳が出たもんやな」と言う。スルメの記憶はないけれど、ぼくの脳裏には、いつも忙しそうに前のめりの姿勢で走るように歩く母の姿がある。そのちいさな母のうしろを、三人の娘がはらはらしながらついていく絵柄も浮かぶ。母はよく小石につまずいたりして転ぶことがあった。三人が駆け寄る。でも母は何ごともなかったように立ち上がり、差し出された手を振り払って、また小走りに進みはじめる。あとから三人が「あわてるとまた転ぶよ」とはらはらしながらついて行く。前のめりの小走り姿は、母の人生そのもののようでもあった。

ふたりの兄は早くに家を離れ、父は年ごとに静かになり、ぼくが小学校を卒業するころには、家では女たちの声ばかりが響いていた。女たちというのは、長良橋のすぐ近くの染物屋に嫁いだ長姉の喜美江、柳ヶ瀬に近い洋服屋に嫁いだ次姉の久子、柳ヶ瀬の生命保険会社に勤めるすぐ上の姉の和子、それに母の四人である。

喜美江といちばん下の和子はいつもにぎやかで座持ちがよく、話をあっちへ飛ばしたり、こっちへもどしたりして楽しませてくれる。まんなかの久子と母はもの静かで言葉すくなく、聞き役が性に合っているというふうだった。たまに姉ふたりが嫁ぎ先から帰ってくると、何時間も話がつづき、つきものの涙と笑いは二倍にも三倍にもなった。そんなときの女たちの涙は、感情表現というよりも、おはようおやすみのあいさつと同じに見えた。

まずは恒例のように久子の訴えがはじまる。もともと彼女は苦労性で愚痴が多い。それを先に聴いてやるのが女たちの習慣になっていた。姑がきびしくて、毎朝六時に仏壇の線香をつけるのが五分遅れたら小言が飛んでくるという聞き慣れた話に、いつものようにみなで同情する。でも赤ん坊ができてからはこっちが強くなったというくだりで、こんどはみなが笑いながら同意する。

きょうは旦那の友だちが麻雀で家に集まり、出前をとったりお茶を出したりしなければならない、だから夕食前には帰る、と喜美江が腰を上げれば、二か月ぶりだからみんなでもう少しゆっくりしていこうよ、そんな麻雀屋さんみたいなことせんでもええと、ほかの姉が自分のことのようにけしかけ、出前の電話くらい旦那にかけさせせやあ、そんなことまでなんであんたがせなあかんの、放っときゃええ、そうや放っとけ放っとけ仏さんや、そうやなあと三人で強気になり、そのとたん憤りが笑いになるというぐあいだった。

涙と笑いの区別は、つかないどころか、ときに逆転することすらあった。

卵を産ませるために飼っていた鶏の話がそうである。家の裏のちいさな庭で、母はいつも数羽の鶏を飼っていた。そのうち妙に人なつっこいのでナッコと呼んでいた一匹が、二年ほどで卵を産まなくなった。当時はどこの家でも、そうなった鶏は絞めて肉をありがたくいただいていた。

母が言う。

「ナツコは、呼ぶとこっちにくるようなかわいい子やったけど、卵が終わってまったで、ナマンダーで絞めて、お湯につけよう思ったらコッコーコッコいって走り出いてな。あんときはわっちもびっくりしたわ」

和子がつづける。

「ナツコんときは、お母ちゃんがもうちょっとしっかり絞めたらなあかんかったんや。かわいそうに、死にきれずに逃げてったがね。あれはいかにも残酷で、かわいそうやったわ」

久子も家にいたころで、ナツコのことはよく覚えていた。

「ほんとにあのときは、お母ちゃんが鬼のように見えたねえ」

ここで、ふつうならみなでしんみり手を合わせる。ところが、同じ話も語りようでまったくちがう方向へ行ってしまうことがある。

「ほうやて。まんだ死んどらへなんだで、わっちゃまあ、それがかわいそうでな」

と母が言ったところで、どうした風の吹き回しか、みなが「そうやったかなあ」と考え込む。それを受けて和子がつづける。

「あんとき、お母ちゃんはナツコのことかわいそうや思って、手かげんしたんやないの? そんでナツコは死にきれずに逃げ出いた」

そうして三人で、そうやったかね、ははは、と笑う。鬼に見えた母は、じつは仏さんだった、だから手かげんしてナツコを絞め切れなかった、というみごとなどんでん返しである。どこで話の筋がちがってしまったのか——三人は一瞬けげんな表情を浮かべながら、それでもくったくなしに笑い飛ばすのだった。

こんなふうに、うちの女たちときたら、その場の勢いに乗って同じ話を悲劇にも喜劇にもして楽しむことができる。人間の内側で気持ちが芽生え、立ち上がり、それがどういう姿で外へ表われるかということについて意識するようになったのは、こんな女たちの融通無碍の感情表現のせいだったようにも思うのだ。

ユキチャはキュリーになる

小学校から高校まで同じ家から通い、同じ金華山を仰ぎ、同じ長良川で遊び、同じなまり言葉を使ってきた。それらは一七年つながった一連の時間軸のなかにある。ところが、ふるさとを離れて大学に行くためには、慣れ親しんだ風景や言葉の世界に別れを告げ、それらとすごした時間に、ひとまずピリオドを打たねばならない。それに気づいたのは、幼なじみのユキチャに会っておきたいと思ったときだった。

正岡雪子。ユキチャとは、小学校のころは毎日いっしょに遊び回っていた。ぎょろりと大きく見開いた目に、ひとを射すくめるようなちからがある。

小学校の終わりころのある日、彼女は長良川であやうくおぼれかかった。古い長良橋の橋脚に登って飛び込んだり潜ったりして遊んでいる最中に、深みにはまって出てこられなくなったのである。年上のゴッサを先頭に、ぼくたち泳ぎ仲間の四人は橋脚付近を走り回って川面をのぞき込んだ。しばらくしてうつ伏せで意識を失ったままのユキチャが水面にぽっかり浮いてきた。

水流に揉まれてパンツが脱げている。素裸の女の子を見るのは生まれてはじめてだった。それは、家で見慣れた姉たちの裸姿とはまったくちがうように見えた。ゴッサがあわてて下腹に手ぬぐいをかぶせた。彼女はすぐ息を吹き返したけれど、その場にいた者はみな、彼女の名誉のために素裸だったことには触れないようにした。ぼくはふんどしを締めたときに脱いだパンツをユキチャに着せた。家まで五分、ふんどし姿で帰ればいい。

翌日、何ごともなかったように新しい水着姿で川へやってきた彼女を見て、ぼくたちはほっとした。けれども、彼女は事件のことを忘れたわけではなかった。それがわかったのは、中学に進んだ年の夏のことである。

毎年夏のはじめ、長良川の河川敷で大きな花火大会が開かれる。ぼくはユキチャと約束して、花火を真横から見られる金華山の中腹へ登った。横から見ても花火は丸いということがわかり、三尺玉の花火の破裂音は耳の内部まで地震のように響くということもわかった。山を下りながらユキチャが言った。

「わたしがおぼれかかったときのこと、みんなで見とったよね？」

ぼくは黙ってうなずくしかなかった。ユキチャは、みんなに見られたことには今後いっさい触れないよう約束して、とつけ加えた。別れ際に、彼女が唇を突き出してぶつかってきたのには驚いた。気がつくと唇の内側が切れて出血し、口のなかに鉄さびくさい味が広がった。彼女は、ぼくの口に鍵をかけようとしたのだろう。

ちがう高校に進んでからは、あまり話をする機会もないまま三年がすぎた。東京へ行くにあたって、あらためてユキチャに会っておきたいと思ったのは、そんな鉄さびくさい思い出に、もう一度触れておきたかったからである。

＊

長良橋の北詰を上流方向へ自転車で走る。彼女の家は二キロほど東へ行った川沿いにある。対岸には金華山が大きくそびえ、その下に、川が岩を削り取って作った深い淵がある。大正期、その淵の脇に鵜飼を見る客のための納涼桟敷が設けられたことで、そのあたりは納涼台と呼ばれるようになった。小学校のころ、ここまで遠征して納涼台下の岩棚から淵へ飛び込むのが夏の大冒険のひとつだった。ユキチャの家から川向こうにちいさく見える納涼台は、東京へ行くことになって躍り出しそうな気持ちと裏腹に静まり返っている。

堤防にすわってふたりで川を見下ろす。彼女は岐阜の大学へ進学する。学部は理学部、女には珍しい理系の本丸を希望するのは、キュリー夫人が好きになったからだという。

「え、キュリー夫人て、あのノーベル賞の？」

「そう。マリー・キュリー、バケ学の研究者ね。男だけの世界に女ひとりで挑戦して研究に一生を捧げたすごい人よ」

「どうしてまたとつぜん、そういう世界へ行くことにしたの？」

「わたしね、長良川でおぼれかけたあのあと、助かった恩返しに何か役に立ちそうな、たいせつなことやってみたいって思うようになったんや。ゴッサやユーチャやみんなで、わたしが浮いてきたとこ見とってくれたでしょう。みんながおって助けてくれて、うれしかったわ。それで、大きくなったらお返ししよう、何かの、だれかのお役に立つことをぜったいしよう、って」

「ユキチャがそんなこと思っとったなんて知らなんだな。すっぱだかやったのがいちばん焼きついとってさ」

「もう。そのことは言わんといてよ」

　ユキチャは頬を赤くした。

「ごめんごめん。こうやってふたりで話しとると、時間がもどってまうもんで」

「ま、見られたんやで、しょうがないけどね。あとで恥ずかしなって秘密にしといてって言ったけど、ほんとはそんなことはどうでもよかったんや。それより、何か役に立つたいせつなことを見つけたい思うようになって。おぼれかけたあのときからわたし、変わったらしいわ」

「へえ、そうなんか。たいせつな何か、ね」

将来の進路を考える時期になって、その何かを捜すのに、彼女は世界の英雄物語や偉人伝を読みあさったという。

「高校三年で偉人伝なんて幼すぎるし、恥ずかしいよね。でも中学生向けのルビ付きのシリーズが読みやすいもんで、たくさん読んだわ。それでキュリー夫人のことも知ったの。ラジウムを発見したりノーベル賞もらったり、そのあとも放射性物質の研究つづけたり、そりゃあすごい人やよ。感激して、そういう研究の世界に進んでみるのもおもしろいって決めたんや」

マリー・キュリーが五人きょうだいの末っ子であることも、うれしかったらしい。

「わたしも四人お兄ちゃんがいていちばん下の五番目。おんなじ境遇で親しみ感じたしね」

「そんなことが共感する材料になるんか？」

「もちろん。それと、お兄ちゃんの影響もあるわ。農学部でみつばちの研究しとるけど、その話がけっこうおもしろいのよ。お兄ちゃんの専門は、はちみつ。はちみつってあんなに甘いのに、強い酸性ってこと、知っとった？　そやから、あんまりなめすぎると歯がぼろぼろになるんやってよ。そういう不思議なところがおもしろい思うの」

「はちみつか。キュリー夫人は放射能、ラジウムの研究やろ。ちょっとちがうよね」

「うん。わたしは放射能やなくて、歯を溶かすような甘い酸性っていうのはどういうことか、そういう世界に興味があるの」

「酸性かアルカリ性か程度の研究ではノーベル賞とれんやろ」

「ちがうよ。ノーベル賞にあこがれとるんやないよ」

「でも、ねらったってええやないの。夢なら、なるたけ大きいほうがいい」

話しながら、ユキチャがずいぶん変わったのを知った。おぼれかけたあと、何かの役に立ちたいと思うようになったというのも意外だった。高校で演劇部に入れこみ、その流れで文学部を選んだぼくとちがって、何やらもっと高い姿勢が感じられる。おとなっぽくなった目の輝きが、そのまま大きな未来を見すえている。

「えらいな。キュリー夫人に憧れるのは小学生みたいやけど、それで進路を考えたんやもんね。ぼくとはだいぶちがうよ」

「ユーチャやって、ちゃんと選んどるでしょ。高校で演劇部つづけてきて、東京でも芝居やろういうんやろ。わたしはただの憧れで、まんだどうなるかわからへんよ。ユーチャの道はどこへつづいとるか見えとるけど、わたしのはぼんやりかすんどる」

「そうかもしれんけど、目標は大きいやないか。何か役に立ちたいって気持ちがえらいよ。ぼくなんか自分勝手にやりたいことつづけよう思っとるだけで、申しわけないくらいや」

「そんなことないよ。おたがい、大学行ってどうなるか、楽しみやね」

「そうやな。いちおう決心はしたけど、壁やら挫折はあるやろうしね」

「一年たったらまた会おか。すこしは前に進んどると思うで」

「うん。ユキチャはもっとおとなの女になっとるやろな。いまでもちょっぴりまぶしいもん」

「へへへ、そうかなあ。ついこないだまで、ぎょろ目のユキチャとか言われて、女の仲間には入れてもらえなんだと思うけどね」

「やっぱり高校三年や。ぎょろ目はきらり目に昇格させてもええよ、きれいな目しとる」

きれいな目という表現が、照れくささを超えて抵抗なく出てきた。

「恥ずかしいな、そんなふうに言われると」

「いま気づいたことなんやけどね」

「でもうれしいわ。そんなこと、はじめて言われたもん」

「ぼくもはじめて言っとる、ははは」

「ふふ、そう、はじめてなの」

「長良のマリー・キュリーか。がんばれよ」

ユキチャが納涼台の方向を指差して言った。

「お父ちゃんが酔うたんびに話すんや、あそこでチャップリンを見たんやって。戦前のことやがはっきり覚えとるそうで、鵜飼見物して喜んだらしいわ。外国人にしてはチビやったぞ、って言うからユーチャのこと思い出したわ。あんたもちいちゃいけど、チャップリンみたいなれるかもしれん、てね。東京で俳優さんになるのが夢なんやろ」

「ちがうよ。チャップリンは映画俳優で、ぼくは演劇のほう、舞台やもん」

「でも、役を演じるいうことではおんなじやろ。それに、夢は大きいほうがええって言ったやん」

「たしかチャップリンも、はじめは舞台で修業したんやったかな。そうか、そのチャップリンの実物を、お父さんは見たんやね」

「そう。そのときあの人、鵜飼はポエトリー、鵜匠はアーティストのようって言ったんやってね」

「へえ、鵜飼は詩、か」

「そうやと。チャップリンさん、感動してそのあともう一回きたらしいよ」

「鵜匠はアーティストね。長良川が舞台で鵜匠が主役で、遊船には観客がいっぱい乗っとって、つまり鵜飼もでっかいドラマなんやな。そうすると、このあたりは金華山を背景にした大野外劇場いうことになるか。そう考えるとわくわくしてくるね。古代の劇場はみんな野外やったし。ていうことはぼくら、野外劇場のなかに住んどるみたいなもんか」

「ユーチャも、この大きな劇場で、なんかやれたらええのにね」

「そうやな、何か新しいことしたいな。ユキチャに負けとれんよ」

「わたしも偉人伝は卒業して、もっと新しい理数系の勉強せなあかんわ」

とりとめなく未来を思う話がつづいた。納涼台から視線を金華山の稜線に向ける。頂上には建造されてまだ数年の新しい岐阜城が、山頂を以前より鋭角につんと見せて白く光っている。建造中の東京タワーは、標高三二九メートルの金華山より数メートル高くなるという。この山より高い人工物ができるという東京の街では、いったい何が待っているのだろうか。

「東京タワーって聞いたことあるやろ。金華山より高い塔になるんやって」

「ああ知っとる、すごいわね。人間の考える科学技術ってどこまで進むのかな。想像するだけでどきどきせえへん？　金華山より高い建造物ができるいうのは、ユーチャんたがよう話しとる鉄腕アトムの世界が、だんだん実現するようになってきたからなんやろ。わたしはキュリーの世界を追いかけるんやけど、未来のことって、わくわくするねえ」

「東京でも忘れんようにするよ、ユキチャのこと。まあ、夏か冬には帰ってくるから、そのときの楽しみにしとこか」

「そう、ありがと」

顔がこっちを向く気配にどきりとして、視線をそらして正面の川を見る。岐阜を離れるにあたってなぜ彼女に会いたくなったのか、わかったような気がした。彼女はいつも近くにいて、空気のように、水のようにそこにいるというだけで、意識下に潜っていたのである。東京へ行くことになってはじめて、地下水が噴き出すように立ち現われ、ぼくのなかでとつぜん生まれ変わったユキチャを、まぶしすぎて直視できない。小鼻がふくらみ、あらためて異性を意識する。

「けど、なんか照れるわね。近くに住んどるからいつでも会えると思っとったけど、遠くへ行くんやって思うとさびしいような、せつないような」

「ぼくもそうやな」

「行く前に話ができてうれしかった」

「キュリー夫人のこと、聞けてよかったよ」

「わたしとしては、もっと前に進路決めときゃよかったように思えるわ。中学三年間、ほとんど遊んでばっかやったもの」

「そらちがうよ。みんな回り道しとる。ぼくなんか、どこへ行くんかまだ自分でもようわからんまんまでさ。ユキチャは理系って選んだんや。そう、理系っていえば、うちの兄貴らが好きな世界でね。ぼくも見とるうちにおもしろいなあ思うようになって、そっち方向へ行ってもええかなって考えたこともあるよ。とくにすぐ上の兄貴なんかは、自分で設計して作った鉱石ラジオが一〇台以上あってさ。放送を聞くよりか、ちゃんと電波を拾えることがうれしいんやね。科学はどんなことも可能にするんやぞって、よういばっとるよ。それ、わかるような気もするんや」

「うん、わかる。科学の世界では、ひとつ理解がいったら、つぎのもっと深い理解へ進むんやでね。そうやって、前へ前へ進んでいけるのが楽しいんやわ」

「でも、理屈で割りきれんこと、科学だけではわからんことも、いっぱいある思うんや」

「わからんから知りたいわけでしょ。ユーチャは人間の心んなかのわからんことを、いろいろ探りたいんやろ」

「そうも言えるかな。文系の世界はとにかく答えがいっぱいあって、どれもほんとみたいに思えるし、人によって答えがちがうかもしれんし。まあ、そこがおもしろいんやけどね」

「わたしは、答えがはっきり出る世界へ行きたいんやね。答えがわかったらつぎに進んでいけるような、道がよう見える世界へ」

「それにくらべて、こっちは、言ってみりゃ答えの数がどんどん増えてく世界かもしれんね」

「まあ、大学で勉強はじめてみんと、自分がどこへ行くかは、さっぱりわからんわ」

「休みになったらまた会おうよ。おたがいにどうなっとるかたしかめるんや」

「楽しみー」

ぼくたちは向かい合って笑みを交わし、見慣れた山とその頂上の新しい城を、肉親にあいさつするようにあおぎ見た。

神田川から長良川へ

午後九時に国鉄岐阜駅を出る夜行列車は、夜を走りつづけて明け方の東京に着く。停まらない駅もあって、八時間前後と準急並みの時間で行けるのがありがたい。三月一日からいよいよ東京生活がはじまる。まずは東京の西部、世田谷のはずれに位置する次兄の喜次郎宅に居候し、ようすを見て下宿を捜す予定である。

数日前の夜、はじめての東京生活を見通す手立てとして、ぼくは次兄がたいせつに仏壇の裏へしまっていた海図と、全紙サイズの大地図を引っぱり出して、東京の兄の家と長良の距離を調べてみた。海図は、兄が旧制中学で船乗りになりたいと夢見ていたころ、東京の専門業者から取り寄せたものである。兄は自慢げに海図を広げ、日本の、何県の、どこかの町の何丁目何番地というのではなく、世界じゅうのどこにいても、緯度と経度の二種類の数値だけで位置を特定できるのはすばらしいことなんやぞ、と説明してくれた。

仏壇の引き出しに残っていた兄のノートに、幾種類もの数字を書き連ねたページがある。そのなかの一行に「N35・26・32、E136・46・10」と数字が並んでいて、横に（where I am）と書き込まれている。Nは北緯、Eは東経である。海図は陸の情報に乏しいけれど、縦軸の緯度と、横軸の経度のスケールがしっかり読み取れる。それを参考にしながら、大地図の上で北緯三五度二六分三二秒、東経一三六度四六分一〇秒の交点を探すと、長良の崇福寺をすこし東へ行ったわが家に重なってくる。

兄は「岐阜市長良寺前町二丁目三番地」ではなく、これからの時代は緯度経度による世界標準の所番地を意識して生きていく必要がある、と力説していた。ふと、うわの空で聞いていたそんな話を思い出し、それが事実なら、兄が住んでいる東京の西の端、世田谷区上野毛四丁目三五番地も二種の数字に置きかえられるはずだと気づいた。当面そこは大学に通う拠点になる。

さっそく、大地図で調べてみると、兄の家は北緯三五度三七分〇六秒、東経一三九度三八分一〇秒あたり、神奈川県との境目になる多摩川がすぐ西を流れている。家の前を道幅三〇メートルはありそうな環状八号線が走っていて、位置は特定しやすい。長良のわが家から緯度で一〇分とすこし上がれば、そこに兄の家がある。一〇分は距離に換算して約一九キロ、長良を出て北へ一九キロ行けば、兄の家の緯度と同じ「高さ」に着くということなのである。意外に近い、東京といえど恐るるに足らずと思わされる。長良と世田谷上野毛は直線距離で約二六〇キロ、道路をたどればほぼ四百キロ離れているわけで、緯度のちがいだけを計算しても意味はない。けれどもわずか一九キロ北上するだけというイメージのおかげで、上京するという気負いは肩すかしをくらい、ちからが抜けてほっとする。ぼくは、兄の海図からの発想をもったいせつにしてもいいと思った。

こうして、岐阜から一九キロだけ北上した東京で、ぼくの大学生活がはじまった。

＊

その年の初冬のある日、東京の下宿に父の死を知らせる電報が届いた。

大学生活を半年経験して東京にもなじんできた時期だった。ぼくは兄の家を出て、安下宿に入っていた。はじめてのひとり暮らしである。ベニヤ板で仕切っただけの三畳間ばかりが七部屋並ぶ面影荘は、神田川に架かる面影橋の近く、大学から歩いて一五分ほどの距離にあった。

電文の「チチキトク」は、ほとんど意味をともなわず、目は文字の上っつらをなぞるばかりである。父の容態が悪化したという事実にたどりつくまでに、しばらく時間がかかった。それは、安保闘争の初期微動ともいうべき波が劇研にも届くようになり、議論する時間が増えていたからであった。とげとげしい運動用語でいっぱいになっていた頭に、父のことは入る余地もない。ましてやその日は、三年先輩の前田徹子さんが遊びにくるというからなおさらである。

「面影橋っていい響きね。一度そのほとりにある面影荘とやらいう下宿を見せてよ」

徹子さんは、新入部員の演技指導から下宿、アルバイトの紹介まで、細かく面倒をみてくれる姉のような存在だった。当時の学生劇団は創造集団というにとどまらず、運動体であり生活共同体でもあり、彼女のような気ばたらきのある先輩が、地方出の後輩のめんどうをよくみてくれたのである。

三畳間は、女の人が遊びにくるには悲しいくらいにせまい。すわり机代わりのみかん箱を外に出して畳のスペースを広げ、窓際に寄せた万年床は丸めて隅に押しやる。それでもふたりがすわるにはせますぎる。そう伝えたけれど、徹子さんは「へーキへーキ」と意に介さなかった。正直にいえば、ぼくは、どんなところでもかまわないと気楽に乗り込んでくる徹子さんに驚いただけでなく、感激すらしていた。

面影橋の架かる神田川は、都下三鷹市にある井の頭公園の池を流れ出ると、都心方向を目指して東に進み、目白駅と高田馬場駅のあいだで山手線の内側へ切れ込む。面影橋はそのあたりの橋のひとつで、澄まし顔の目白界隈と下町ふうの高田馬場の街をつないでいる。その名に惹かれてよく野次馬が見物にくるけれど、あまりにそっけない造りにがっかりして帰っていく。せいぜい橋の名のプレートからそれと確認するしかない名前倒れの場所で、徹子さんも容赦がなかった。

「なんだ、これが面影橋？　風情も何もなくて名ほどじゃないな。がっかりねえ」

一瞥しただけであっさり通りすぎた。ギーと鳴るベニヤ張りのドアを開けて、ひとり立つのがやっとのたたきにズック靴を脱ぎ、畳に上がる。窓際に丸めたふとんを背に、徹子さんを正面にすわらせる。つま先が触れそうでおたがいにちょっと遠慮し、足を縮めてやっとおちつく。

「三畳ひと間って、こういうことか。ほんとに何でも手の届く範囲にあって、うれしいようなせつないような。でも人間、割り切ってしまえばこれでじゅうぶんなんだねえ。わたしは実家で八畳間使ってるけど、むだに広すぎるかもしれないな」

「両どなりとはベニヤ板で仕切ってあるだけなので、徹子さんのよく通る声はすこし絞ってもらわないといけないんです」

「わかった。腹筋を使わなければいいんでしょ」

声はちいさくなったけれど、話の内容は激しいものであった。劇研の春の恒例行事である新人公演のレパートリーは、『彦一ばなし』と決まっていた。この話で、彦一は殿さまをかっぱ釣りにさそい、かっぱの好物はクジラの肉だと言って殿さまから肉をだまし取る。演出の上級生は、「喜劇の形をとってはいるが、裏には、庶民が知恵をしぼって権力者を打ち負かそうとする構図が見える」とし、上演はデモに出るのと同じ重さで捉えるべきだと強調した。

しかし、政治の世界は待ったなしで速度を上げている。いまこの時期に芝居の稽古をつづけていていいのか。稽古と日米安全保障条約の勉強会ではどちらを優先すべきか。国鉄労働者が全国規模でストライキに入ろうとしている、それを支援して学生も新宿駅で徹夜すべきではないか。劇研のメンバーの多くは全学連反主流派のシンパであるが、主流派を批判するならその前にまずは彼らのデモにも参加すべきではないか、いやそれでは逆に彼らを利することになろう、などなど——。徹子さんの口から流れ出るのは、清濁あわせてつぎつぎに呑み込みつつ、行き先を求めて逡巡している時代の足音そのものであった。

ぼくはそんな報告に興奮すると同時に、異性が部屋の中にいるという事実に圧倒されて、ただ懸命に首を縦に振るだけだった。徹子さんは、鉄のように固い言葉を並べた反動からだろうか、ため息まじりに話題を変えた。

「ほんとうは稽古のほうが楽しいに決まってるよね。だってわたしたち、芝居やりたいから劇研にいるんでさ、デモに行くために集まったわけじゃないもん。安保の資料集より、『俳優修業』読むほうがぜったいおもしろいに決まってる。そう思うでしょ、マツだって」

ぼくは大きくうなずいた。ロシアの演劇指導者スタニスラフスキーの著書『俳優修業』は、当時、演劇をこころざすぼくたちのバイブルというだけでなく、くり返し読むフレーズのいくつかが生きる指針そのものになったりした。

たとえば「舞台では、けっして自分自身を失ってはならない。自身の存在しない演技は嘘になる」などといった一文を見つけたら、その日はより強く自身を押し出すことを旗印にしてみる。『俳優修業』はつまり人間修業の書でもあり、これを読むのはデモ行進に加わって国会へ行くよりよほど切実で、生きることに近かった。

「こないだ、勉強会で第七章読んだわよね。おもしろかったなあ。デモに参加してるときのわたしは、頭かずのひとつ、何千分の一の存在でしかなくなるけど、劇団ではひとりのマエダテツコでいられる。劇団のわたしのほうが、どれだけわたしらしいことか、よね」

第七章の「単位と目標」の三節も、劇団内でよく引き合いに出される箇所のひとつだった。ここでは、修業期間全体を通して学生たちを導く演出家のトルツォフが、役者の目標は「名詞」ではなく、つねに「動詞」でなくてはならないと力を込める。

――諸君は、ちからや愛がどんなものであるかということは見せるけれども、自分がちからや愛なのではない。名詞は精神状態や形態や現象を呼び出しはするものの、運動や行動を指示することはない。目標はすべて、行動の萌芽を含んでいなければならないのである。

ものの名称などはただの知識であり、演技することにすこしも貢献しない、それよりも動詞を思い浮かべて、そのよってきたる原点から演技を導き出せ、というわけだ。

それはとりもなおさず、考え込まないで行動せよ、学問の塔に閉じこもるのではなく、まずは動けというシンプルな行動指針として、その日を生きる哲学としてぼくたちを納得させた。

つぎのような箇所も人気があった。

幕が上がると役者がひとり舞台にいる。ひじかけ椅子に腰かけたきりで。そして幕が下りる。

演出家のトルツォフがみなに言う。

「これが戯曲のすべてだ」

彼は、学生のひとり、マリアに演技を要求する。マリアは混乱してあわてふためき、もじもじしたり、うつむいたままじっとしたりで、とにかくおちつかない。マリアのつぎに俳優修業の主人公「ぼく」が試される。「ぼく」もやはりどうしたものかとあわてたり、ぎこちなく手足を動かすしかないまま、時間が経過する。ふたりの演技が終わって、トルツォフは「どうしたらよかったか、それを学ぼう」と言って自分でひじかけ椅子にすわる。彼はまるで自宅の椅子でくつろぐように、ゆったり、演技などとはまるで無縁のようにすわっているのである。学生たちは思わず彼を見守る。彼が微笑む。何が楽しいのだろうと学生たちは思わず身を乗り出す。彼が思いめぐらすようにすると、学生たちは何を考えているのだろうと探りはじめる。

演出家は、観ている者たちにはまったく注意を払わないままで、そのくせじゅうぶんに観る者を惹きつけたのである。

「外見的に動かないことは、活動的でないということを意味するものではない。それどころか、からだを動かさないのが内部の強烈さの結果であることはよくある。芸術で重要なのは、そういう衝動、内的能動性なんだよ。舞台では、外面的にせよ内面的にせよ、行なうことが必要だ」

演出家はそう言って講義を終える――。

観客を惹きつけるのは演技のうまさではなく、役者の内的衝動の強さであり、それこそが観る者への説得力になる、ということもまた、ぼくたちの指針のひとつとなった。

デモか稽古かで議論の沸いた日があった。徹子さんは冷静に自分の気持ちを吐露し、みながそれに聞き入った。

「わたしはちょっとちがうんだな。トルツォフがいう内的衝動は、わたしがデモに行くときにはゼロかマイナスになってるよ。だって、ほんとはデモになんか行きたくないもの。わたしたち、なぜこの汚い部室に集まるの？　なぜこの本を読み解こうとしてるの？　芝居やりたいからでしょう。わたしのいちばん奥にある内的衝動とは、舞台を観にきてくれた人たちに何か語りかけたいっていうこと。それに尽きるんだ。なのに、それとは別にデモには行かねばならない、って強要されるのは正直言っていやよね」

「だけど、いまこの瞬間にも政治が妙な方向へ進んでるんだからさ」

だれかが運動家っぽく釘を刺したのを、徹子さんは一蹴した。

「自分の立ってる場所を見失わないでね。わたしも参加するよ。ただし、デモはわたしが本来やりたいことじゃない。むしろやりたいこととは対極にあるんだ。大げさに言えば、わたしの内的衝動をはばむものとして戦争がある。わたしの、っていうより、すべての人間的なものをはばむものって言ったほうがいいな。東側の国々を封じ込めるための脅迫の手段として、武器や戦争をちらつかせる。威圧的にそういうものを見せて、相手を抑えようとする安保条約には反対せざるをえない。だからデモに行く。行くよ、わたしだって頭かずのひとつになる覚悟はある。でもそれは、あくまでわたしの内的衝動をはばむものに、否と言いたいから。それなのよ」

みんなもそうでしょう、と言いたげに目を見張って一気に訴えた徹子さんは、発言して吹っ切れたのか、その日以降よくデモ行進に参加するようになった。

こんなふうに、日常生活と舞台演技とのあいだで、さらには安保闘争のデモの隊列を一メートルでも長くしたい、との当面緊急の課題のあいだで、『俳優修業』はちょうど日めくり教訓集のようにに活用されることになった。ぼくたちは路上を舞台に読み替え、デモを群衆劇の稽古のようにとらえ、生きることと舞台を同じ次元に置きながら、舞台創造と学生運動のふたつの流れをひとまとめにできないかと考えた。

いったいどっちが現実なのだろうか。現実ではないはずの演劇が、からだの中央に居すわり、国会の動きやらほかの現実がうとましく感じられる。この期に及んでなお演劇のほうがたいせつと叫ぶことは、人として許されないのではないか――。思いは頭のなかでらせん状に駆け上がり、また下りてくるだけで、答えはどこにも見当たらない。

正面にすわってこちらを見ている徹子さんの言葉が突き刺さる。

「ハムレットが生か死かで苦しんだみたいに、わたしたちはデモか舞台か、で悩んでるんだね。父親が毒殺されて、その復讐のために、ハムレットは狂気を演じてまわりの注意を逸らし、恋人まで見捨てるでしょう。わたしなんか俗物すぎて、とうていそこまで行けないけど、生きるってどういうことか考えなさいって、時代のナイフがこっちへ向けられてるのかもしれないな」

その表情は冬の夜空を穿《うが》つ星のように光っている。気おされて言葉が出てこない。

「でもきみの場合、お父さんがそういう状態じゃ、早いこと帰ってあげたほうがいいね。血筋のことって政治や演劇を超えちゃうからさ。おちついたらまた話そうね」

かすかにすみれの香りを残して、徹子さんは風のように出ていった。嵐の二時間だった。さっきまで徹子さんのローヒールが脱いであったせまいたたきには、ぼくの白いズック靴だけが残されている。それをじっと見ていると、高校生に戻ったようで思わず顔が赤くなった。

徹子さんのあとを追うように下宿を出て、面影橋からコンクリートの川底のちいさな流れを見下ろした。手にした電報用紙をもう一度開いて、「チチキトク」のあと「スグカエレハハ」と続く文面を読み直してみる。二年あまり肺結核でふせったままの父が、もうすぐ命の火を消そうとしている。

＊

父は枯れ木が朽ちるように行った。

葬式をすませて帰京した一一月の終わり、面影橋の下宿にまた徹子さんが遊びにきて、短くお悔やみの言葉をかけたあと、全学連反主流派の動きを報告してくれた。国鉄労働者のストライキを支援して、徹子さんと二〇人ほどの劇団員は新宿駅構内で夜を明かしたという。

「わたしたちがすわってるとね、国鉄の人が握手を求めてくるの。そりゃあ感動的よ。このおたがいの熱い思いで世界が少しは変わるかもしれない、って予感があったりして。革命前夜はこんなかねえ、ってトノケンが言ってたけど、あの場の雰囲気に呑まれすぎだったね。革命なんて、そんなものはないない、ありえない」

トノケンというのは教育学部の一年で、何かにつけて夢見がちな一九歳の玉井健である。新人公演で演じた木下民話劇『彦一ばなし』の殿さまがみごとなはまり役で、ぼんやり浮き世ばなれした味の演技は、おおいに客席を沸かした。以来トノケンが彼のニックネームになった。

「学生は、論理とか旗じるしだけになりがちで暴走するって批判されるけどさ、逆の視点に立てば、つまり旗じるしだけでも行動できるのがわたしたち学生だってことでしょ。労働者じゃないけれど、階級的な痛みが理解できる立場だってことよね。それに、ああして共闘組んで肩並べると、学生とちがって、なんて心づよいんだろうって憧れちゃうくらいなんだ。頑健でとっても頼りになりそうで。わたし、本物の筋肉を持つ労働者っていえる人たちを見たの、あれがはじめてかもしれないな」

「ホンモノか。国労の人たちって筋肉隆々ばっかりだったんでしょう」

「筋肉は労働のシンボルだからね。わたしたち、彼らにくらべたら情けないほどひ弱だもの」

徹子さんはにっこり笑ってひじを曲げ、上腕にちいさなこぶをつくって見せた。

「あの夜は、労働者を支援するって姿勢で彼らと同じ地平に立つことができた、そのことで学生運動が肉体化された、物質化されたってみんなが言うのよね。わたしたちも、しばらくはチェーホフだとか木下順二の民話劇だなんて言ってられないかもしれない。文化は政治に奉仕すべきだっていう毛沢東の主張、あんまり好きじゃないけど、いまはそういう季節かな、って」

「えーっ、徹子さんは毛沢東なんてぜったいにだめ、って言ってたでしょう」

「だからさ、いまだけよ。本音を言えば、この透きとおるような秋って美しい季節を、学生運動のためだけに使うなんてごめんよね。金木犀は匂い立ち、コスモスは風になびいてわたしを招いているのによ、ねえ」

「そうですよ、演劇を政治に奉仕させるなんて」

「奉仕なんてだめよ。文化はいつだってすべての上に置いとかなきゃ。でもね、トノケンがオトメチックに言うくらい、あのときがすごかったのは事実ね。ぞくぞくしてきて、新宿駅の支援行動をそのまま舞台にしたような朗読劇やろうって話まで出てさ」

「へえー、朗読劇か」

「大隈の広場あたりでゲリラ的にはじめるのよ。台本持って読むんだから、ぶっつけ本番でもいける。安保阻止のための、いかにも劇研にふさわしい行動になるでしょ」

なんという言葉の洪水だろう。岐阜から戻ったばかりの身に、東京の時間と言葉の流れは速すぎて追いつくことができない。固くてはっきりした標準語と、それに乗せられた運動用語の突き刺さるような響きは、田舎なまりのまったりゆらゆらした言葉の波に揺られてきたぼくの耳に、ただの空気振動として届くばかりであった。

父がいなくなった長良川のほとりのわが家で、通夜、葬式と初七日を済ませたあと、近所の人があとかたづけに残ってくれた。そのときの話の速度は徹子さんの半分以下で、だれもが眠りながら話しているようだった。

「サキサ、とうとう、のうならっせったんや、なあ」

「寝たまんまで、床ずれが大きうなってまって、だいぶ痛かったらしいでなあ。まあ、楽な世界へ行けたんやで、よかったかもしれんねえ」

「そうや、痛みは、あらけねえもんやったらしいでね。そんな苦労するよりか、あっち岸まで行ってまったほうが、うんと楽やったやろうでのう」

「そうやて、わしらのおる今生は地獄、あっちは極楽やもんな」

「ナマンダーブー」

久しぶりに聴きつづけた岐阜弁の枯れた調子にくらべると、標準語というのは意味だけが強調されて冷たいほど無駄がない。無駄がないのは、それだけ感情が置いてきぼりをくらってしまったということでもある。その証拠に、徹子さんの話はつぎつぎとぼくの耳に飛び込みはするものの、ほとんど未消化のまま沈殿していくだけだった。父が死んだことや、それをきっかけに思い出した子どものころのことが夢のようなら、徹子さんが話す東京での出来事もまた、もうひとつの夢のようだった。

徹子さんの声で現実にもどされる。——国鉄労働者と連帯して新宿駅を占拠するというかなり過激な行動も、新宿駅という舞台装置を借りて芝居の立ち稽古をしているようなわくわくする時間になった。

「ホームの時計を見たら午前二時だったわ。わたしたち、寝られないまま線路に降りてレールを枕にして空を見上げたの。百人以上はいたんだ、そうやって寝転んで空を見てる学生だけでも。

あのとき電車を走らせたら不穏分子の首がつぎつぎに飛んで、大量殺戮できたな。おそろしおそろし。でもそんな妄想は別としてね、街も暗くてホームの灯りも消えてて、そうしたら流れ星が見えたの。さーっ、さーっていくつも。街の灯が消えて暗くなった夜空をよく見てると、流れる星がけっこう観察できるのよ。きれいだったわ。夜空を見上げるなんてほんとに久しぶりだったから、思わずウオーって叫んじゃった。隣にいた山下くんが、流れ星に感激してるときかよ、哀れむべきナンセンスだよ、って言ったけど、あんな瞬間だってきれいなものはきれいなのよ。哀れむべきはむしろ山下くんよ、ねえ」

流れ星のところで、ぼくはようやく話についていけるようになり、きれいなものはきれいなのよ、と言う徹子さんに向かってにっこりした。

「おっ、やっと反応したな。なんだか寝てるみたいだったぞ」

「すいません、東京のテンポが速すぎて、運動の経過の話もあわただしくて、なかなかついていけないんですよ」

「わかる。ここんとこ、この国の動きは激しいからねえ。時代が駆ける音っていうのか変革の槌音っていうのか、体制側もわたしたちも、束になってどこまで行くのかしらね」

徹子さんの額に汗がにじんでいる。

「まあ、とにかく学連の幹部連中の用語を借りれば、インテリゲンチャとプロレタリアートが手を結びつつある、って報告でおしまい。しゃべりつづけて、のどがからから。何か飲ませてよ」

ぼくは廊下に出て、共同の洗面台でやかんに水を汲んだ。匂いをかいでみるとわずかに殺菌剤のカルキの匂いがする。岐阜から東京にきてしばらくは、この水の味に悩まされる。岐阜でおいしい水をがぶ飲みしてきたぼくとしては、カルキくさい東京の水を出すのはちょっと失礼な気がしたけれど、徹子さんはかまわずコップの水をいっきに飲み干した。

「さてと。東京のことはそのくらいにして、マツはふるさとに帰ってどうだったの。お父さんがなくなって、寂しい？」

「いやあ。でも葬式や通夜があって、久しぶりにいろんなこと思い出して、頭んなかいっぱいになってるんですよ。流れ星見て叫んだ徹子さんなら、そんなことも聴いてもらえるかな」

「いいよ、聴こうじゃない」

徹子さんは、座ぶとんを二つ折りにして尻に敷いた。ふたりの目の高さが同じになり、急に話がしやすくなった。

ぼくが目撃したかぎり、母は息をしなくなった父の鼻や耳に綿をつめる作業をはじめた。慣れた手つきで平然と綿をつめる母に驚くと同時に、医師がくる前にどうやって死を確認できたのかと不審に思った。そして綿づめする母親を疑った、と強調したけれど、徹子さんは目をやや大きく見開いただけで、それ以上は反応しなかった。

通夜にやってきた、父の姉ふたりのことも伝えた。八〇歳をすぎたおばたちは、すっかり赤んぼうに還っていた。おむつをあてられ、息子の嫁を付き人にしてよたよたとお棺のある部屋に入ってきたふたりは、先に逝った弟への憐憫を身いっぱいにあふれさせ、泣いたりわめいたり、まわりに乾いた狂気をまき散らした。そうして、何度もおむつを替えてもらいながら、がんこに明け方まで通夜の席を守りつづけた。そのくだりになると、徹子さんは身を乗り出し、「ふーん」とか「へえ」とか相づちを打ちはじめた。あきらかに好奇心がふくらんできたようすである。

ぼくは、小学校時代に知り合った柳ヶ瀬のリョーチャが死んだところへ話をつないだ。それは幼友だち三人だけの秘密で、ほかのだれにも話したことがない。けれども、田舎には縁のない徹子さんに聴いてもらえば、背中の荷物が軽くなるのではないかという気がした。

リョーチャの柳ヶ瀬

岐阜市内でもっともにぎやかな街、柳ヶ瀬は名古屋の奥座敷などと呼ばれ、大歓楽街としてむかしから栄えてきた。リョーチャは、そのにぎやかな街に出没する人気者だった。小学生のぼくたちはただ直截にオトコオンナと呼んでいたけれど、昭和二〇年代にしては画期的ともいえる性を超えた存在だったのである。

そのリョーチャがある夏の終わりころ、とつぜん「わたいはもうすぐ死ぬ」と告白した。不治の病であまり時間がない、ついてはわたいをいじめてきた踊りの師匠に仕返しがしたいから、わたいが死んだら死体を長良川の淵に投げ込んでほしい、それが仕返しになるはずやからというのである。ぼくはふたりの友だちと組んで、リョーチャとの約束を果たした。

その日は台風の前触れの大雨で、長良川は見たこともないほどふくれ上がっていた。濁流の音がごうごうと響くなか、リョーチャはそこだけ取り残されたように静かな淵に沈んでいった。長良川が太い茶色の渦巻きとなって流れ下るようすは、それまでに見たこともないほどだった。川の叫び声がこんなに激しいのだから、リョーチャの死の秘密もそれに紛れて消されてしまうだろうと、ぼくは思った——。

話しながら、あらためて徹子さんを観察する。その目が真剣味を帯びてきた。聴き手が身を乗り出してきて、こちらの話にもしぜんと熱がこもる。リョーチャのくだりになって、とくに納涼台へ遺体を投げ込んだことはどうしようかとも思ったけれど、言葉が気持ちを超えて止まらなくなった。話しながら自分でもまるで映画を見ているような気分になり、送り手であると同時に観客でもあるという二重の興奮でからだがふるえた。

「ほー、なんだか百年前の話みたいね」

徹子さんはため息をついて言った。たしかに、岐阜と東京が四百キロ離れているというだけでなく、ふたつの場所では、時間軸もまた大きくちがっているような気がした。百年どころか、ひょっとするとその倍も旅してきたのではないだろうか。あるいは、一九キロ緯度を下っただけの向こうでは、また別の時間が流れているのではないだろうか。

「でも不思議なところね、岐阜って。わたしには、名古屋の裏に隠れた奥座敷って程度の印象しかないんだけど、マツはそこで大きくなったんだよねえ。そんな土地にもオトコオンナの美女がいて、ははは、おかしいね。おかしくて、なんか悲しいね。どうなったんだろうな、着物のまま淵に沈んでさ。そのあと彼、いや彼女、もののけになったりしなかったのかなあ。怨念て、人間の感情のなかでもいちばん重くて、しつこくまとわりつくもんだからね」

「ええ、もののけにはならなかったんだけど、じつはそのあとで——」

ぼくは徹子さんのやわらかい笑顔に向かって、わざと話を切った。

「えっ、何？　どうしたの？　何かあったの」

「とりあえず川はそれ以上暴れず、リョーチャのことも表に出ないままになったんですよ」

「じゃあ、オカマは浮いてこなかったんだ」

「ええ」

「浮くわけないか。オカマって金属だもんね、ははは」

徹子さんはそう言って笑ってから、あわてて片手拝みであやまった。

「ごめん、ちゃんと聴くからつづけて。その怨念ばなし、インテリだのプロレタリアだのって叫んでるよりよっぽどリアリティがあるのよね」

「じゃあ、ちゃかさずに静聴お願いします。もうすこしですから」

すわり直した徹子さんに念を押しながら、ぼくは最後の仕上げをした。

「中学に進学して、上級生のゴッサは鹿児島、自転車屋は名古屋へ行っちゃったんですよ。それぞれ親の都合でね。残ったのはぼくひとり。こわかったなあ、何しろ、リョーチャの秘密をひとりで背負っていくことになったんだから」

翌年、最後の鵜飼も終わって長良川に静けさが戻ってきたある日、近所に住むコーサオッサマがニュースを持ってうちにやってきた。

「オッサマは年寄りを呼ぶときの呼び名で、慶三さんならケーサオッサマ、うちの親父は佐喜っていうんでサキサオッサマになる。古い敬称ですね」

「ほうほう、古い土地柄の言葉ね。年寄りがありがたいもんに思えるな」

徹子さんはにっこり笑った。

「そのオッサマが、リョーチャの新聞記事を持ってきたんですよ」

「え、リョーチャは死んだんでしょう。亡霊にでもなって出てきたの?」

徹子さんが身を乗り出した。

「亡霊じゃなく、骨になって。一年とすこし経ってたかな」

「新聞に出たのね。なんて書いてあったの?」

「その新聞、持ってますよ。読んでくれますか」

「いいわよ、ちょうだい」

机の引き出しの奥にしまっておいた新聞の切り抜きを出して、徹子さんに渡す。何度も読むうちに折り目が破れてきたので、分厚いボール紙で裏打ちしたものである。

「じゃあお聴きなさい」

ぼくはすわりなおして、朗読する徹子さんを見た。

美濃日々新聞は、長良川左岸の納涼台下の浚渫工事で、川底から白骨死体が出てきたと報告していた。遺体は柳ヶ瀬に出没するオトコオンナのリョーチャだったこと、遺言ともいうべき手紙が出てきたので、覚悟の上の自殺であると断定されたことなどにも触れていた。

長良橋から五キロほど西へ下った寺岡町の土手下に、円城寺という寺がある。ここを預かる住職は歌舞音曲が好きで、リョーチャのたくみな踊りの支持者でもあり、お骨のことを知ったのもきっと何かのご縁だといってもらい受け、墓を建てた。いまリョーチャは、釈亮菊の法名で円城寺に眠っている。

新聞記事は「柳ヶ瀬でリョーチャと遊んだことがあるという子どもたちが、長良川の川原で手折ってくる野菊やアザミ、ワレモコウなどの野草で、この寺のオカマの墓は今日もにぎやかである」と結ばれている。読み終えた徹子さんの表情に共感の気配が浮かんだとき、ぼくはこのことを明かしてよかったと思った。

「もうひとつ。高校で演劇部に入って顧問の教師の名前を聞いたら、大林先生だっていうんでびっくりしたんですよ。この、オトコオンナの墓のある寺の住職だった、なんて」

徹子さんは両の手のひらを上にして広げ、おおげさに驚いた。

「へえー、大林先生って、きみのいうオバサンでしょ。偶然ていうか、ご縁ていうか、不思議なもんね」

「それだけじゃなくて、そのオバサンの嫁さんになったのが、ぼくらの憧れたおつう役の女優さんだったんですよ」

「ほんと？　つぎつぎに因縁がつながってきて、ちょっとできすぎみたいだけどな」

「ほんとです。みんな偶然ばかりなんですよ」

高校受験の勉強に入る時期に、たまたま気分転換で観た岐美高校演劇部の舞台『夕鶴』は、衝撃的だった。この学校に進みたいというより、この演劇部に入りたい、そして主人公つうを演じた女優に会いたいと思った。なぜなら彼女は、はじめて「美しい」という言葉の意味を教えてくれた人だったから――。そこまで思いつめていたことも、隠さず話した。

命を助けてくれた男のために、みずからの羽で反物を織る鶴の化身は、使いなれた、かわいいでもなく、きれいというのでもなく、中学生にはずいぶん背伸びした、美しいという言葉でしか伝わらないような光を放っていた。ほんとうにそれはいままで見たことのないものだったと興奮気味に話していると、徹子さんが不思議そうに訊いた。

「おやおや、中学生のくせして、美しいなんて言い方するとは田舎にしちゃませた子どもだったんだね。おつうはそれほどよかったんだ」

「そりゃあもう。三人で観に行ったんだけど、三人とも言葉にできないほど感動したんです。でも、美しいって言葉にしたんじゃなくて、思っただけですよ。気恥ずかしくて、美しいなんてとても言えない。それはあとづけの表現」

「一五歳よね。その年齢で感動的に美しいものに出会ったってことは、ある意味しあわせだったのかもしれないな。そう、うらやましいくらい」

「そういうことだったのかな。大きなものがどすんとからだのなかに入ってきたみたいな、味わったことのない感覚でしたからね」

「でもさ、別の言い方すれば、一五歳まではほんとに美しいものに出会ってなかったってことでもあるわね」

「うへ、そう言われちゃうか。田舎で、子どもすぎて気づかないままずっと見逃がしてきたものに、ようやく出会ったってことでしょうね」

「そりゃあ衝撃だよね。このごろは安保で忙しくて、なかなか美しい世界なんて思うひまもないんだけど。でもおもしろーい、ふふふ」

「でもね、ぼくらの純粋な憧れの気持ちを踏みにじったのは、おつうを横取りしたオバサンじゃないかって、三人で息巻いたんですよ。オバサンは生徒に手をつけた悪いやつ、人さらいやぞ、なんてわいわい言って」

「ははは、そうかもしれない。田舎少年三人をたぶらかした張本人、だものね」

「そうですよ、あとでそれを知ったときはくやしかったな。でもぼくらの憤慨をずばり伝えたとき、オバサン、なんて返事したと思いますか」

「へえ、ほんとに対決したんだ」

「もちろんぶつけましたよ。ところがオバサンはね、なあ、あのおつう、よかったやろ、きれいやったろ、ひょっとしたら山本安英さんのおつうよりよかったかもしれんぞ。おまえら、そんないい舞台観られてしあわせやったんや、って。ぼくらの抗議する気持ちなんかそっちのけ」

「へえー。あの宇野重吉さんが与ひょう役で、おつう役はぶどうの会の山本さんよね。わたしもあの公演、観たわよ。あれよりもよかった、っていうのか。そりゃまた、すごい自信だな」

「ぼくは観てないんで何も言えないんですが」

徹子さんは首をかしげながらつづけた。

「そうねえ。山本さんは名女優だけど、あれだけお年を召しておつうを演じるのはつらかったろうなあ、ってのが正直なところよね。それにくらべて高校生のおつうか――。話からしてさぞ初々しかったんだろうな」

「ぼくらも、高校生がやったなんてこと関係なしに、ただすごいって感じたのはたしか。顧問の先生に、どうや、よかったやろって言われりゃ、もう、うなずくしかなかったですよ」

「オバサンて、きっとおおらかな人物なんでしょうね。そういう人と舞台作ってこられて、マツたちもしあわせだったんじゃないの。うらやましい高校時代ね」

そうかもしれないと思った。けれども、東京では時の流れがとても速い。金華山を見上げ、長良川を見下ろしつつ自転車で学校へ通った日々は、東京タワーと安保闘争のあいだに隠れて、見えにくくなってきている。

「東京へ出ると、ゆったりした山と川の風景なんて蹴っとばされてしまうんですよ」

「そうだろうなあ。オトコオンナにしてもおつうにしても、岐阜の話として聞けば説得力あるけど、この東京に持ってきたら、なんだかおとぎばなしみたいだもんね」

「ぼくも、東京駅についたら別次元の世界にきた旅びとのような気がして、上京のたびにあれってまわりを見て、頭を切り替える必要がありますからね」

「そうね。いわば、ちがう時間が流れてるのよ、むかし時間ていってもいいような。リョーチャを川に投げ込んだってこと、子どもがやったとしても犯罪になるでしょ。でも長良川だったら許してもらえる、って思う。ここ東京じゃ、だれも許してくれなくて、容赦ない罰が科せられる。岐阜で無罪、東京で有罪、そんな罪、ある？　ないよね。でも、ともかくふたつの街にはそれくらいへだたりがあるって思えちゃうな」

　徹子さんの、岐阜なら無罪という言い方が、頭のなかで回りはじめた。長良川が流れているところまで行けば、いろいろなことが許されてしまう、という視点は、もうひとつのたいせつな物差しなのかもしれない。ぼくのなかに、二つの時間と二つの物差しのイメージが生まれた。

第三章　飛騨んじいの島

酒樽と茶碗の墓

一九六二年の夏、ぼくは面影橋の三畳間のアパートを出て、山手線の高田馬場駅から西武新宿線で二〇分、中村橋駅で降りて徒歩二五分の四畳半に引っ越した。広い野菜畑のまんなかの平屋建てで、四畳半と六畳間が交互に四部屋並んでいる。駅から遠いため、下宿代は練馬館というりっぱな名のわりには安めで、朝夕の賄いつき一か月七八〇〇円である。

「ユーハチくん、電話よ。警察だって。何か悪いことしたんじゃないだろね」

午前一〇時すこし前、大家のおばさんが部屋のドアをたたいて声をかけた。

「え、警察? だいじょうぶですよ、悪いことなんて何も。いま行きます」

収穫前の西瓜が転がっている畑の小道を五〇メートルほど走って、母屋の勝手口に入り、受話器を取る。電話の相手は新宿の四谷警察署の係だと名乗った。

「マツダさんですね。コサカカズノリさんをご存じでしょうか」

電話は、前日の夕方、彼が万引きの現行犯で逮捕されたことを淡々と伝えてきた。場所は新宿の伊勢丹百貨店で、万引きしたのは女持ちのバッグ一個、謝罪の言葉も出ているし、初犯でもあるから厳重注意して帰したいが、本人は床にすわり込んで立とうとしない、家族か知人の名をと訊くとあなたの名前が出たので連絡した、本人は「存在証明がどうのこうの」とわけのわからないことをつぶやいており、ついては引き取りにこられるかというのである。

小坂一紀、岐阜の飛騨南部出身で、高校の演劇部の二年後輩として入ってきたイッキにまちがいない。彼は滑舌が悪い上に訥弁で、よく聞いていないと何をしゃべっているのかわからなくなってしまうところがある。安保闘争のデモ行進で警察機動隊に蹴とばされたとき、「官権の横暴」と叫ぶつもりで「ケンカンのオーボー」と発音してまわりの失笑を買ってしまうなど、幼児的な行動が多かった。もっとも本人はけっこうそういう場を楽しんでもいて、敵対する学生と機動隊のまんなかで、道化役として双方をなごませたりするようなこともあった。

あだ名は彼の誇りで、イッキは百姓一揆のイッキであり、おれには飛騨の大原騒動を統率した上木屋甚兵衛、飛騨んじいの血が流れとる、と紹介する。反抗的で過激な半面、異性にはからっきし弱くて「おれ、あの子のこと好きんなってまった」などともらしてまっすぐ彼女に告白し、とつぜんすぎて敬遠され、きらわれてしまうこともすくなくなかった。要するに惚れっぽいばかりで恋愛べた、告白によれば、高校時代だけで五人にふられつづけた。

同じ大学にきたイッキは、劇研と並ぶ二大劇団のひとつ自由舞台に加わった。劇研が比較的自由で群雄割拠、議論百出の開放的なふんい気があるのにくらべて、自由舞台は自由の名にしてはきびしい気風があり、よくいえば統率がとれているように見えた。イッキには劇研のほうが合っているかもしれないと進言したが、彼は「センパイとちがう場所であばれたい」と言ってとなりの劇団を選んだ。

一年の夏休み前、二年上の山口圭子という小太りの姉御肌がめずらしくイッキのことを好きになってくれた。いままでにない展開は彼を有頂天にした。けれども前例どおり半年でふられたときには、それまでにないショックで学校にも劇団にも出てこられず、しばらく完全に下宿に引きこもった。警察からの電話を受けたのは、彼が打ちひしがれていると聞いて一度会いに行こうとしていた矢先のことであった。

都電で四谷三丁目まで行き、しばらく南に歩いて四谷署の正面に立つ。ついこのあいだ、安保闘争のデモ行進でその前を通ったときには権力の象徴とも見えた警察署が何やらまぶしくて、思わず目をしばたたく。来意を告げて通されたのは、まるで予算不足の舞台装置のように椅子と机しかない簡素な取調室であった。神妙な面持ちで椅子にすわって首うなだれているイッキに、ぼくは立ったまま強い口調で質問した。

「あんまりおどかすなよ。万引きしたんだと?」

「すみません、呼び出しかけたりして」

「万引きなんかやって、偉そうに存在証明がどうのこうのなんて言えるか?」

イッキは頭を下げて上目遣いにぼくを見た。

「ほんとにどう釈明したらいいか、弁解の余地まったくなしです。ハンドバッグみたいなもんがほしかったわけやなくて、圭子にふられて、おれってなんやったんや、だれやったんや、おれはいまどこにおって何をしとる、って疑問だらけで新宿を歩いとった――おれはここにおる、存在しとるいうことを確認するために、衝動的にバッグに手出してまって。おかしいかな、おれの話、わかりますか」

「さっぱり。おまえらしいとは思うけど、わかるわけないよ」

「そうか、そうっすよね」

「大ばかやろうが」

「薄紫のきれいなハンドバッグで、圭子が持ったらかわいかろうとも思ったんやけど、結局そんなことはどうでもようて、バッグを盗っておれはここにおる、いうことがわかったような気になって、その瞬間はなんやしゃんちょっと気持ちが高揚したかな。これがおれや、って」

弁解しながら答えを探している彼の甘ったれかげんが腹立たしくて、声を大きくする。

「これがおれって、ただの物盗りだろうが。何が存在証明だよ。ケーコが持ったらかわいかろうだと？　小学生みたいなこと言うな、最低だよ」

「すんません。もうあやまるしかないです。言いわけも何もできん思ってます」

「いい大学生が万引きなんて、恥ずかしいと思えよ」

そばで聞いていた係の警官が、にやにやしながら身柄引渡し書類を広げて、

「先輩の言うとおり。二度とつまらない気を起こさないように。なお、逮捕歴は三回で前科一犯になるので覚えておきなさい」

親切に教えてくれた。覚えておきなさい、のテにアクセントがついている。電話を受けたとき

に、コサカの力を強調した同じ警官にちがいない。権力の手先などといういかめしい比喩には似つかわしくない人物で、お辞儀をして頭を上げたところへ笑みを返してくれた。権力というやつも、ここまでくるとひどく人間くさい匂いがしている。

四谷署を出たとたん、夏の午後のまぶしい太陽がぼくたちを迎えた。反省しろとの意味を込めて、酷暑のなか新宿まで歩くことにする。

「ほんとにめんどうかけてすんませんでした。また女にふられて、もう身の置きどころがなくなってまったもんで」

「ふられた憂さばらしに万引きとはな。軽薄を超えてもう情けないね。警官に笑われて屈辱的とは思わなかったんか」

「はい。次元の低いことは認めますので、これ以上あんまり責めんといてください」

「まじめに反省しろよ。おまえだってインテリの端くれだろうが。まったく恥を知れよ」

「センパイ、このこと、田舎へは言わんようにお願いします」

「わかってるさ。口に出すのも恥ずかしいよ」

イッキは、新宿へ向かう通りの舗道に視線を落とした。汗か涙か判別できないような水滴が、あごからしたたっている。

「あーあ、ほんとに自分ながら情けないわ。六〇年の六月一五日に国会突入してから、どっかおかしなってまって。あのあと、伊豆の新島のミサイル試射場反対闘争で島に入って、四か月闘って、また負けて、もう敗北つづきやもんなあ」

「ちがうちがう、負けたわけじゃないって。安保についてはロクイチゴが終わっただけさ。反戦の闘いはつづいてる。新島の反対同盟のジジババはまだ健在だって聞いてるし、試射場はできたけどミサイルは飛んでない。勝ったわけじゃないが、けっして負けてはいないよ」

「でもさ、樺美智子さんの命奪われてそのまんまで。やっぱり口惜しいっすよ」

「樺さんの悲痛はこれからのエネルギーにするしかないよ」

「新島も、彼女の鎮魂闘争みたいなとこがあったでね」

「そうさ。安保のマグマがあの島へ噴出して、それを見抜いて押しかけたのは正しかったし、成果ありと思わなきゃ」

「それはたしかや。見逃がしとったらもっとひどいことになったかもしれんもんなあ。先輩も、カンパや食糧差し入れで島へきてくれたよね」

「おまえがけっこう人気あったとこ、見たよ。まわりからイッキイッキって呼ばれて、溶け込んでたぞ。東京の学生にしては、すれとらんところがいい、なんて言われてな」

「都会から離れて、なんかふるさとっぽいでしょう。島で世話んなった年寄り夫婦と仲ようなったのも、おれの田舎っぽさのおかげでね。特産の手作り海苔いっぱいもらって、すごいおいしいんでみんなに送りましたよ」

「食べたよ、新島の海苔。分厚くてうまかった。島へはがき出したよな、海苔、届いたって」

「はい。それ読んで、そんなにおいしいならって、岐阜にも送ったんや」

「けどな、どうやって送ったか知らんけど、海苔にカビが生えてたそうだぞ」

イッキが送ったというカビの生えた海苔のことは、何人かの後輩から聞いていた。

「えー、そうやったんか。カビねえ、気持ちだけでも受け取ってほしかったのに、カビではどうしようもないなあ」

イッキはまた萎えたようすだった。

「まあ、終わったことさ。万引きもカビも今後の反省材料にするしかないよ」

「おれ自身が、カビになり下がったのかもしれんて。安保闘争を持続させるぞ、って叫んで島へなだれ込んで、わーっとかき回してさーっと引き上げて。もしかしたらおれんたの行動自体、カビみたいなもんやったんかなあ」

「そこまで自己批判するか。でも、わずかにこの時代の壁に引っかき傷くらいは残せたかもしれない。そうとでも思うことにしようや」

「正直言うとですね、東京へ帰ってきてしばらくしたら、島がいとおしいように思えてきたんやて。江戸のころから流人を受け入れたり、おれのような風来坊の支援学生をだいじにしてくれたり、そりゃ心やさしい島やったもんな」

「そうそう、新島は流人の島だっけ。流人の墓があって、島の人にずっと守られてきたんだね。白い砂がずっと敷かれてて花がいっぱいで、あんな明るくてきれいな墓地、見たことないよ」

「そうやて。島流しの罪人も人間にはちがいないって、墓に入ってからもほかの仏さんといっしょにきちんと花で飾られてきたんや。分けへだてのないとこがうれしかったなあ」

「いまどき、めずらしい習慣だよね」

「じつはあの墓地、おれの中学生のころからの因縁があるんです」

「え、どうしたんだよ」

「おれが新島に行った理由は、あの墓地に眠っとるんや。高校の演劇部のとき、オバサンが美濃の郡上一揆と飛騨の大原騒動のふたつを脚本にする、って言っとったでしょう。おれ、あの話を聞くより前、中学入ったときからもうあだ名がイッキやったでね。百姓一揆がどういうもんか知らんまんま、いろんなこと調べて回ったんや」

近所の飛騨一宮水無神社の宮司に騒動の話を聞いたのは、中学一年のときだったという。過酷な年貢取り立てに苦しむ百姓が多数いたことや、その苦しみを理解して一揆の先頭に立ったのが上木屋甚兵衛という良心の人だったことなどを知り、自分のあだ名に誇りを持つようになった。

「けっきょく、甚兵衛は一揆をたばねた罪で伊豆の新島に流されることになったんやけどね」

「そのあたりは聞いたことあるな」

「あの白い墓地に飛騨んじいのお墓があるんですよ。それも息子の建てたのがね」

「見に行ったよ。そうか、イッキが新島に渡ったわけは、それか」

「ええ。新島にミサイル基地ができるらしい、って聞いただけでもびっくりしたけど、それが安保条約のつながりらしいってことでしょう。え、そりゃだしかん。ここは飛騨育ちのおれが行かんでどうする、って真剣に思いつめたんやて」

新島。東京都に属するこの島には、イッキの言うとおり、数百年も前から飛騨高山とのあいだに深い因縁がある。

明和八年（一七七一年）にはじまった飛騨高山の大原騒動は、安永年間から天明へとほぼ二〇年近くつづき、加わった人びとの数は最大一万に達している。大原騒動の呼称は、明和と安永年間の代官が大原彦四郎、そのつぎに郡代になったのが息子の大原亀五郎と、大原一族がかかわってきたことからつけられた。

大原親子の圧制に苦しむ百姓の窮状を見かねたひとり、造り酒屋の主人上木屋甚兵衛は、騒動の後半に至って彼らの大黒柱になった。その咎《とが》により、甚兵衛を含む指導者たちの何人かは伊豆の新島に流された。詩歌俳句をたしなむゆとりのある家で育った甚兵衛は、その素養を生かして島で若者や子どもたちに読み書きを教えるようになる。教えを受けた者たちは、親しみを込めて甚兵衛を「飛騨んじい」と呼んだ。甚兵衛は、流人であることを超えて島の生活に溶け込み、島びとは文字を教えてもらう代わりにあした葉を摘み、水汲みを手伝い、雑魚を差し入れて甚兵衛を助けた。飛騨んじいは、島びとたちが流人の境遇と温かい人柄を思いやる愛称であり、甚兵衛もそう呼ばれることを喜んだ。

新島の流人生活が一〇年を超えたころ、飛騨白川郷に住む息子三島勘左衛門のもとに風のうわさが届いた。父が重い中風の病いに倒れたらしい。七七歳で病いにふせるのは、つらいことであろう。勘左は矢も楯もたまらず、島へ渡りたいとお上に申し出た。一年以上かかってようやくその願いが聞き届けられ、勘左は四三歳で島へ渡った。

甚兵衛は、飛驒からはるばる海を渡ってきた息子の手厚い介護のもとに七年間暮らし、流人とはいえ、ちいさな光に照らされて島の砂となった。飛驒んじいとして島で暮らすこと二三年の末の往生である。残念ながら、遠島の刑が赦免されることはなかった。

いっぽう大原亀五郎については、その所業があまりにあくどく目立ったので、最終的には幕府にも見捨てられ、郡代であるにもかかわらず遠島の刑を受けて八丈島へ流された。八丈は、新島よりはるか南にさがったところにある。幕府の下働きである郡代が新島より遠い島に流されたのは、一揆を率いた甚兵衛より重い罰を科せられた結果とも受け取れる。それを聞いた飛驒の百姓衆のなかには、わしらが勝ったと喜ぶ者もいたという。

たしかに飛驒と奥美濃で起きた二件の百姓一揆は、お上の処決をうながし、土地の役人を成敗することでみずからの膿んだ尻尾を切るしかないところまで追い込んだ。江戸期に全国で芽吹いた一揆の数は、優に三千を超えるという。けれどもこの二件は、加わった人数の多さや、争いが長期に及んだ点でたぐいまれな出来事だったのである。

飛驒の甚兵衛が流された伊豆の新島は、いまでこそ船で東京竹芝桟橋から半日の距離にあるけれど、当時は絶海の孤島と呼ぶにふさわしい彼方にあった。伊豆七島は本州から近い順に大島、利島、新島などをかぞえ、もっとも遠い八丈島に至る。伊豆の大島はその名のとおり、房州、相模国、伊豆国からも臨むことのできる大きな島で、新島は大島のすぐ南にありながら陰に隠れてあまり姿を見せない。

それらの島へ送られる流人の多くは、火つけ、強盗、人殺しなど非道の罪を犯して人の世を追われた者たちである。平和でつましい暮らしを営む島びとにとって、流人は別世界の異人といっていい。そんな流人を監視するために、島には役人もいれば、罪人の側からにらみを利かせる役割の流人頭もいた。彼らが犯罪やもめごとを抑え、島の静穏を保っているその横で、島びとたちの心根はまわりの海のように透明で広かった。そのことは、いまも流人の墓に手向けられる季節の花々に象徴的に表われている。

浜の白い砂を運んできて一面に敷きつめた墓地は、まるで真新しい敷布に包まれたようで、見る者の心を洗う。やや低い位置に広がる流人の墓も、島びとの墓と同じように掃除され、花を持ってきた人がふたり寄れば世間ばなしが飯どきも忘れてつづく。墓地は死者が眠っている場所というより、花を持ち寄った生者が今生と来世について語らう、くつろぎの場所でもあるようだ。

墓地のなかで目立つのは、酒樽や徳利、茶碗などをかたどった珍しい造りの墓石である。酒樽の墓石は、ここに眠る仏が生前酒好きだったことをうかがわせる。茶碗を配した墓石は、さいころ賭博に入れこんでいた人物のものだという。いずれも浮き石とか軽石と呼ばれる、この島特産の柔らかい抗火石を、流罪で島にきた江戸の石彫り職人が彫りはじめたとされている。

いまも、白い砂の敷布と季節の花で飾られているこの墓地は、島の心そのものとして数百年のあいだ絶えることなく引き継がれてきたのである。

＊

その新島に時代の波が押し寄せた。一九五九年、新島村議会は防衛庁のミサイル試射場建設計画を強行採決し、安保条約が国会を通った翌年の六一年、政府の命を受けた測量隊が、つづいて自衛隊が乗り込んできた。

ミサイル試射場は、日本と安保条約を結んだ米国の、極東軍事戦略からくる布石のひとつであった。条約によって日本は、ソ連や中国などの共産主義諸国をかこい込もうとする米国の前線基地となった。米国は共産圏に向けた威嚇兵器であるミサイルの試射場がほしい。その候補地として、神奈川の米軍厚木基地から、空を飛べばさほど遠くない新島が選ばれたのである。

四千人弱の島民は、試射場建設反対同盟と賛成派の二派に割れた。六〇年安保闘争時に集まった学生を含むいろいろな反戦組織が、島の反対同盟を支援すべく入ってきた。さらに試射場推進に与《くみ》する右翼団体、それらを取り締まるための警察機動隊までが上陸し、島は世界の東西対立の膿が噴き出る傷口と化した。

国は試射場建設と引き替えに漁業のための港を整備し、道路も拡充しようとする懐柔策を用意した。働きざかりの若手がそれに賛成した。年寄りたちは、ミサイル試射という得体の知れない実験が行なわれることにきなくさい戦火のにおいを嗅ぎとり、反対派に回った。

まっぷたつに分かれた島の人たちの思いを支援するという大義名分のもとに、ぶつかり合いがはじまった。反対派が道路に穴を掘って、自衛隊の土地測量をはばむ。それをごぼう抜きしようと機動隊が駆け寄る。そこへ右翼が殴り込んでくる。やりとりは数か月つづいた。イッキはその間ずっと島にいてジジババと行動を共にし、状況を報告してきた。ぼくも何度か新島へ渡った。けれども、学費稼ぎのための家庭教師の口が三か所あり、何日も休むわけにはいかなかった。

翌年、試射場は完成したものの闘争はひとまず終息する。共産圏に対する米軍の方針が転換され、それに追随するこの国の姿勢に振り回されたまま、反戦のかけ声は向かう先を見失った。その結果、国会周辺から新島へと走りつづけてきた多くの学生運動家や支援団体は、勝ったようで負けたような、奇妙な違和感ばかりを味わうことになった――。

ぼくの横を歩いている万引き反戦ボーイもまた、あの闘争にかかわり、さらに女性にふられるという屈辱にさいなまれ、みずからをカビとくさしてくずれ落ちそうになっている。

「おい、腹へってるだろ。つるかめ食堂行くか」

「や、いいっすね。久しぶりにイワシの天丼食いたいな。行こ行こ」

イッキの顔色がにわかに晴ればれし、声に張りが戻ってくる。新宿歌舞伎町の裏通りで人気を博すつるかめ食堂は、イワシやアジなどの安価な魚を天ぷらにしてご飯に乗せ、だし汁をかけただけの質素な天丼が売りのちいさな店である。天丼一杯が五〇円ほどで、店はいつも学生や財布の軽い勤め人でにぎわっている。

「イワシっていうと、新島のおいしい一夜干しのこと思い出すな。飛騨の甚兵衛も勘左も、おんなじもんを食べたやろうでね。緑の飛騨の山と青い伊豆の海、それをつなぐ人びとの歴史か。なんだかロマンチックですね」

「そうだよ。おまえが送ったカビくさい海苔とはちがう、本物の島の味さ」

イッキは、新島で闘った月日へ思いを馳せている。ぼくも島に伝わる流人の話を思い出してすこし感傷的になった。

「食べたら元気出てきたし、頭の回転もちゃんとしてきたみたいで、イワシさまさまや。頭がはっきりしてきたぶん、おのれの愚かさがよけい見えてきたけど」

「下賤の魚なんていわれるけど、イワシほど大量に獲れて栄養豊富なのはほかにないよ。ひょっとすると、イッキより存在価値ありじゃないか」

「へ、そりゃきついなあ、イワシの価値は認めるけど。新島でも、漁師が獲れたてを指でひゅーとさばいて食べさせてくれたわ。あの味にくらべたら、おれはイワシほどの存在価値もないのかねえ。カビ以下やったり、イワシ以下やったり——ああ、もう最悪や」

「おまえがそんなふうに言うのは、なんだか妙だよ。万引きやって存在証明がどうのなんて言ってるのに、へえー、こういうしおらしい面もあるんだって思うね」

「そりゃ、おれも人間やで、カビとおんなじやって言われたら考える。うまいもん食べたら顔もほころぶ」

「そういう日常感覚、だいじにしたいんだよ。すべてはそこからはじまると思うな。だいたいイッキってあだ名がよくないんじゃないか。何かといえば突っぱしるばかりでさ」

「けど、負けるとわかってても進むしかないときがあるでしょう」

「そうな。百姓たちにとって一揆は悲願の別名だったろうし、安保闘争も大きな悲願だもんな」

目に入った汗を手の甲でふきながら言うと、イッキが立ち止まった。

「へえー、悲願だなんて、先輩、珍しくセンチな言い方しますね」

「いやいや、正直言うと、どうにも先の見えない戦さばかりで、この国はこれからいったいどこへ行くのやらって考えると、ため息が出るよね」

「そういえば、郡上の白鳥町の近くにヒガンジって寺があるんですよ。悲しい願い、文字そのままの悲願。郡上一揆んとき、百姓が集まった場所のひとつらしいんやけど、みんなの気持ちをひとつにするのに、悲願寺でよかったんかなって思ったことあったな」

「悲願寺ねえ、かなしいね」

このところ、イッキもぼくも、勝ち負けを超えて時代に異議申し立てをするのが生きることであるかのようにして、毎日をすごしている。そんな気色ばんだ思い込みが、数百年の時をまたいで山深い飛驒と伊豆の島を結びつける。けれども時代に向かってもの言うには、イワシ丼一杯ではいかにもさびしすぎるだろう。イッキも思いは同じだったらしく、とつぜん近くの電柱の取っ手をわしづかみにして中間あたりまで昇り、叫びはじめた。

「ケンカンのオーボーを許すなあ。おれたちはまだ死んじゃおらんぞー」

ぼくもいっしょになって叫びたかったのだけれど、イッキほど自由にはなれない。

「おい、声が大きすぎるぞ。また軽犯罪法違反なんかでつかまったりしたら、逮捕歴二回。あとがなくなるから、やめとけよ」

分別くさくたしなめるしかなかった。

英雄を降りたガリレイ

その日、イッキはひとりになるのがさびしいからと、しおらしいことを言いながら練馬に泊まった。掛けぶとんと敷きぶとんを横に並べていると、ドアをノックする音がした。イッキと同期のヤスだった。深井保実、ヤスミという名でイッキと同じ自由舞台の団員であり、理論派の沈思黙考型、無駄に饒舌なイッキとは好対照の男である。

「イッキが逮捕されて先輩が引き取りに行ったって聞いたんで、あわてて寄ったんですよ」

「きてくれてよかったよ、ヤスからも説教頼むぞ」

いいタイミングだった。しかも心強い言葉を持つ絶好の飛び入りである。

「おい、きさま、何やったんだよ」

「ごめん、心配かけて」

イッキは両手をついて謝った。経緯を話し終えたところでヤスがつぶやいた。

「オプティミストの達観、てやつだな」

「なんや、それ。達観てのはおれ向きやないよ」

ヤスの話はいつも簡潔で、言葉に寸鉄の鋭さがある。

「つねに世の中なんとかなるって思っているから、悩んだり苦しんだりしない。達観してるんだよ、だからすぐ行動に出られる」

「そうかなあ、これでも悩みはいろいろあってね。女には振られつづける、闘争には負けつづけるで、おれの存在価値はどこにあるんやって悩んでさ。達観どころか煩悩のかたまりや」

「煩悩？　えらそうに言やがって。逆だろ、悩まないから平気で万引きなんぞに走るんだよ」

同期の気安さも手伝って、ヤスはイッキに対して容赦がない。

「おれのなかで、一九六〇年六月一五日と万引きはつながっとる。忘れたらあかんのや」

イッキはむっとなって、またあの日と万引きを強引に結びつけた。

「窃盗犯のおまえがそう言うのはやめろよ。それに六一五のことは忘れてないよ。イッキもぼくも自由舞台の連中と隊列組んでたろう。南門から国会に入って、押したりもどされたりだった。女子学生が死んだと聞いて、また体勢組み直して機動隊にぶつかってったろう」

ぼくも南門の入口近くにいたが、ふたりには気づかなかった。

「こっちは劇研の連中といっしょで、ちょうど南門の手前だったな。学生が死んだ、いや、あの日は、殺されたってはっきり言ってたよ。それが東大の女子学生だって聞いて、あいつら先頭きってたから目をつけられたなって心配したり、劇研としてはどうするかって考えたり」

イッキは混乱のなかでヤスを見失った。

「おれ、機動隊に押されとるうちにみんなとはぐれてまって、文連の旗んとこへ行ったんや」

「文連の旗持ち、柔道やってる大男だったんで目立ってたよな。つぎの日のプラカードの文字、虐殺抗議も目立ってたね、よく覚えてるよ。午後にイッキと南門へ出かけたよな」

「おお。なくなったのが樺美智子さんて知ったのは、あとになってからやったよ。南門の混乱からどうやって抜け出てきたか、あんまり覚えとらんもんね。一六日も催涙ガスで目がしょぼしょぼしとってさ。元気の残っとる者だけで永田町まで行ったら、一般のヤジウマがずいぶんおったんで、メガホンで彼らに向かって、いまこそ立ち上がりましょう、いま立ち上がるってことは、ここにすわり込むことです、なんてアジって拍手もらったりしたよ」

「そう、つぎの日も騒然としてたな。ぼくも機動隊の棍棒で左耳の上なぐられて、まだここんとこ傷が残ってて、毛が生えてこないままでさ」

ヤスは左後頭部の数センチばかりの古傷を見せた。

「いくさの炎は、ちょっと衰えたけど燃えつづけてるし、傷を負ったのがひとりいるけど、生きのびた三人がこうしていられるんだから」

ぼくは、六一五を思い出にしたくはなかった。あの日のことをつぎへの助走にしなければ——

イッキが弾みをつけてくれた。

「南門から新島へ行った者として、もっと未来へ向かわなあかん。万引きも、あかん」

まじめな反省がおかしかった。黙考しなければ行き着けない高みがある。けれども、黙って考えているだけでは隘路にはまり込んでしまうことも多い。そんなとき、だれかと話しながらこれだったのかと気づき、ひょいと隘路から明るみに出られる瞬間がある。黙考することと言葉を使うことは高みを目指す両輪で、どちらかに片寄ってもいけない。

「おもしろい反省だけどな、国会攻めてたやつと万引き犯、どうもつながらないな」

「まんだ言うか。午前中からずーっと説教ばっか聞いたで、いいかげんかんべんしてよ」

「百歩譲って煩悩まみれだとしても、おまえはいつもそういうとこから這い出てくるだろ。えらいとも言えるよ。敗北や挫折に縁のない達観者だからな」

「なんやそれ、こんどは誉めとるんか。おれは、けなされるとだめになるタイプやから、いい言葉はみんな誉めてもらったように受け取るぞ」

「つけあがるな。言葉をちょっとやわらかくしただけさ」

「それでもええ。長い一日でくたびれきったで、ヤスの言葉はむしろあったかに聞こえるよ」

「窃盗犯を説得するには、すこしあったかくしてやらないとな。へへへ」

ヤスがめずらしく軽口をたたき、三人で声を上げて笑った。母が送ってくれた栃の味せんべいをかじり、スルメを裂いてほおばる。残っていた昼間の熱気が抜け、畑を渡ってくる夜風もからだに心地いい程度に涼しくなっている。ブタ箱騒ぎで半日はつぶれたが、夜は長い。

＊

「あれ、ブレヒト読んでるんですか。ドイツのこちこちの劇作家でしょう」

すわり机に置いた赤いハードカバーの戯曲集を見つけて、イッキが言った。ちょうど「ブレヒト劇と歌舞伎芝居の相似点に関する考察」と題する卒論をまとめるつもりで、気鋭の劇作家として注目されはじめたドイツの劇作家Ｂ・ブレヒトの戯曲集を読んでいるところだった。大げさな題名をつけたのは、ブレヒト劇の舞台でよく使われる年代表示の字幕と、歌舞伎の謡いによる場面説明が同じ役目を果たしていることに注目したかったからである。

「硬くなんかないよ。これがけっこうおもしろいんだぞ」

ぼくはブレヒトの描く善人のなかの悪性、英雄のなかの俗気について話すつもりだった。そこへヤスが割って入った。

「イッキの単細胞めが。ブレヒトには世界を解釈するための大きなヒントがあるんだぞ」

「そうなんだよ。『三文オペラ』の主人公は詐欺師、『ガリレイの生涯』ではガリレイが英雄から俗物に引きずり下ろされる。そんなとこが痛快で、人間のおかしさがよく出てるんだ」

悪漢が堂々と英雄になるミュージカルドラマ『三文オペラ』はブレヒトの代表作であり、世界じゅうの劇場でよく上演され、映画にもなっている。

ぼくがはじめて観たブレヒト劇は、劇団俳優座の『ガリレイの生涯』である。一六三三年、イタリアの天文学者ガリレオ・ガリレイは異端審問所の裁判にかけられ、過酷な審問に屈して地動説を撤回する。みずから計算し、確信した事実を否定したのである。舞台上では、ガリレイ役の俳優が首うなだれ、失意の科学者を演じていた。そのときまでぼくはうかつにも、ガリレイは地動説を唱えて堂々と教会権力に立ち向かった英雄であると思い込んでいた。ところが終幕でせまい部屋に幽閉されるに至っても、ガリレイは宗教裁判に屈したみじめな一科学者でしかない。ただし、彼の地動説に関する論文は、若い弟子アンドレアに託されて国境を越える。

ヤスもこの戯曲は読んだという。

「いいかイッキ。ガリレイは英雄なんかじゃないんだよ。ユーサン、そうですよね」

ヤスはぼくをユーサンと呼ぶ。石原裕次郎でもないのにユーサンは困ると拒否したが、彼は好きな俳優だからいいでしょうなどと、気恥ずかしいことを言ってゆずらない。

「そう。ガリレイは英雄じゃなく普通の人、いやそれ以下の転向者って言ってもいいね」

「え？　彼は、それでも地球は回っているって言ったんやないの」

「ちがうんだ。ひとりごとのように言ったかもしれないけど、けっきょくは宗教裁判に屈したのさ。それを弟子が糾弾するシーンがあってね――」

「ヤス、そのせりふ覚えてるか。ぼくがガリレイ役やるから再現しよう。イッキは観てろ」

ヤスとぼくは立ち上がって向かい合った。ガリレイと弟子の有名なせりふがある。みずから発見した地動説を曲げるガリレイに向かって、弟子アンドレア役のヤスが叫ぶ。

「英雄ヲ持タナイ国ハ不幸ダ！」

先生のことはもう見るのもいやだと強く反発していたアンドレアに、みじめなガリレイ役のぼくは首うなだれてささやく。

「チガウ。英雄ヲ必要トスル国ガ不幸ナノダ」

イッキが拍手しながら言った。

「おー、いいせりふやないの。それが真実やったんか」

「ガリレイを書いたあとで、ブレヒトは日本にも思いを馳せたんだよ。広島と長崎に原爆が落とされたことを知って、それで芝居を書き直そうとまで思うんだ。科学技術の進歩と人間のモラルの問題に正面から取り組むつもりでさ」

ヤスがつづきを補足してくれた。

「たしか最後の場面で、科学の光を守り抜け、科学を悪用せず、活かさなければならないって書き連ねてるんですね。その言葉は、自説を曲げたガリレイに対する弾劾であると同時に、核融合を実現させた科学者への問題提起でもあった。近代科学はじまって以来最高の知能が集まって作ったのが原爆か、っていう憤りは大きかったろうなあ。イッキも共感すると思うよ」

「そこらへんで、ブレヒトとガリレイと原爆がつながるわけや」

「ガリレイの罪は近代科学の原罪だって、ブレヒトは言ってるよ」

岐阜でキュリー夫人に憧れて理系に進んだ幼なじみのユキチャのことが脳裏に浮かぶのと同時

に、そう言えばブレヒトが女性に弱かったらしいという話を思い出した。

「そうそう、ブレヒトにはいろんな面があってね、女たらしとまでは言えないけど、そっちでもかなり盛んだったらしいんだよ。英雄、色を好むだな」

ブレヒトがにぎやかな女性遍歴を重ねたことや、住む国を転々とする放浪癖があったことはよく知られている。それらは不思議にやわらかく人間くさい彼の一面で、過激とか異端のレッテルには似つかわしくない。写真を見ても、黒縁のめがねの奥に光る彼の子どものような目から、好人物ともいうべき内面がこぼれ出ている。

女性たちに甘える巧みさはブレヒトの天性だったようで、よくブレヒト劇の主役を張ったドイツの名女優ヘレーネ・ヴァイゲルと、はじめて出会った日のエピソードがある。その夜、彼はヘレーネの家になかば強引に泊めてもらっただけでなく、彼女の部屋に押しかけて、寒いからいっしょに寝たいと無理を言う。最初はことわったヘレーネも、その少年のような甘え方に参って、部屋へ入れてやることにしたというのである。

「彼、そんなに女好きやったんですか。そりゃうれしいニュースやな。ふたりにそこまでおもしろいぞって言われりゃ、もすこし近づいてみてもいいな」

イッキがやわらかい表情になったところへ、ヤスの言葉が刺さった。

「おまえは過激と幼児性が同居してるだろう。別の言い方すりゃ、跳ね上がりの女好き。これ以上、女に弱いところは学ばなくていいからな」

「ヤス、いいこと言うよ。ブレヒトの仕事にこそ、もっとたくさん学んでほしいね」

ふたりでたたみかける。

「きついお言葉。でもきょうは認めとくよ。それに、ブレヒトに似とる、いうのは名誉なことかもしれんしね」

ぼくは、卒論の下書きを思い浮かべながら話した。

「戯曲に出てくる叙情味も、なかなかいいんだよ。いま読んでるのが、ゴーリキーの小説からヒントを得た『母』って作品でね。ひとりの母親がロシア革命に身を献げる息子のために、親としてできることはなんでもやろうって思って、息子を観察するんだよ。それで行きついた結論は、台所にパンがないのは台所だけでは解決しない、ってこと。息子においしいパンを食べさせたい一心で、それがすべての原動力になるんだよ」

「はあ。わかるけど、なんか母もの映画みたいな展開ですねえ」

「そう、母ものだよ。母もののどこが悪いんだよ。台所に食い物がない、そこで母はどうするか。息子が印刷しているビラを街へ出て配りはじめる、革命の手伝いをはじめるんだよ。息子がやろうとしていることだから、悪かろうはずはないって信じきる。妄信的だと思っちゃいけない、これこそが世界じゅうの母親の本来の姿なんだから。強いんだ、一度信じたら梃子でも動かない。母親が台所から世界を見抜く眼力は大したものなんだよ」

「けど、なんかありふれた人間世界のようで、反逆児ブレヒトらしくないやんけ」

ヤスがイッキを制して口をはさんだ。

「そりゃ、おまえが母親の類型しかイメージできないからだよ。ブレヒトの描くおふくろは息子を見てるんじゃない、息子の視線の先を見てるんだよ。そこを理解しろよな」

「なるほどな。息子の視線の先を見ているおふくろね、ふーん」

「この戯曲には、類型じゃなくて典型、というか、女のもっとも美しい原形が描かれてるんだよ。ロシア革命が背景にあるから硬派の芝居だって思われがちだけど、ほんとうのところは世界じゅうの母に献げる母親賛歌、台所賛歌なんだな。自分の守るべき現場から、台所から世界を見て、なすべきことを決めるんだ。そうですよね、ユーサン?」

めずらしく饒舌なヤスに同意しながら、黙って先をうながす。

「もちろん、ビラ配りしたってすぐパンが手に入るわけじゃない。でも彼女は、まずはいちばん身近なとこからはじめるんだ。おいイッキよ、ここで言うパンは比喩的なパンで、コッペパンのパンじゃないぞ」

「へ、ばかにするな、それくらいわかっとるよ。つまり台所から革命へ、母親が駆け抜けるんやなあ。すごいや、そのおっかさん。駆けるんならおれも得意やぞ」

「ばか、おちょくるなよ」

「へへ。それにしても、ヤスはブレヒトのことよう知っとるよな。感心するわ」

「言っちゃ悪いが、おまえが女で悩んでる時間、ぼくは何か読んでるからだろうさ」

「また言うか。でもな、ブレヒト劇に出てくる母親の一心不乱は、もしかしておれのばしゃ馬的側面と似とるかもしれんなって——そうも思えてくるんや」

「まあ、母の強さはたしかに一直線の強さだよ。そこんとこはイッキに近いのかもしれないな」

「そやろそやろ、そこにおれの存在理由があるんやて」

「だけど母親は大地に根を下ろしてるが、ぼくらは根なし草」

「先輩とおんなじこと言やがって。ヤスにまで言われたくないよ」

「おまえのやったことの幼児性については、何度でもだめ出ししなきゃ」

「わかったわかった、もういいよ」

イッキは視線を落とした。

「おまえがそういうふうに下向くと、こんどはあんまり落ち込むなってなぐさめたくなるね。じっさい、やることはとっぴだけどすぐ反省するもんな」

「そう言われると、なんかうれして」

彼は、とつぜんあふれる涙を手の甲で拭きはじめた。ヤスが同情を込めて言った。

「オプティミストのくせに大反省の涙か。泣け泣け」

「ああ、おれはいったい何やってきたんやろなあ——」

黙ってしばらく息を整え、イッキはまた話しはじめた。

「逮捕歴一回の記念に、だれにも言わなんだこと白状するんやけどね。新島で会ったのが、ちょっといい女でさ」

「おいおいおまえ、新島でもか。どこ行ってもオンナオンナって」

「おれだけやなしに、彼女に惹かれる男は大勢いたんすよ。着るもんも地味やし色は黒くて化粧っけもなし。なのに光っとったな」

「何しに行ったんだよ。闘うためじゃなかったのか」

「そうや。彼女もおれんたといっしょに、反対派の応援に駆けつけたひとりで、なんでも八丈からきたってことでした。島育ちの人間は、ほかの島のことが気になるそうで、新島でミサイル発射するなんてひどいって、やってきたんすよ」

「島育ちの共感とはまた、女独特の感じ方なのかなあ」

「もう結婚しとるいうことやったですよ。おれ、すわり込みの先頭になること多かったけど、彼女もいちばん前で、静かに警官のことキーッてにらんでね。向こうは射すくめられるいうのか、ごぼう抜きするのをちょっとためらったりしとったよ」

反対陣営の若手たちは、その女闘士のことを新島のジャンヌ・ダルクと呼んだ。

「大げさって言われるかもしれんけど、神々しいくらいのきれいさやったでね。ジャンヌ・ダルクと腕組んで最前列にすわるのが、すっごい楽しみで」

イッキがまた遠い目になったので、ぼくはたしなめるつもりで言った。

「そりゃ、女がエネルギーをくれるってことはよくある。否定はしないよ。男ならみんな覚えがあるしね。でもなあ、どうも不謹慎のにおいがするな」

「へえ、そうくるんやね。それにしても、不謹慎いうのはいやな言葉やなあ」

「ぼくも、その言い方は、らしくないような気がするな」

　ふたりの視線がこちらに向いた。

「だいたい、古すぎいへんかね。変な倫理感にしばられとるようで。男と女のことは時も場所も超えますよ。安保も新島も超える、超えてまうのが愛やろ」

「そんな。とつぜんアイの話になるか。おかしいよ」

「愛でわかりにくけりゃ、激情、情熱、なんでもいいけど、要するに男女のあいだで燃え上がるもんのことです」

「どうも唐突すぎるな。それで、よく彼女といっしょにすわり込んだって？」

「そうっすよ。あんな美しい闘士は見たことなかったもん。そばにいるだけでよかったわ」

情けないことに、ぼくにはあまり発言権がなかった。イッキほど異性にぶつかっていった経験もなければ、向こうから言い寄られたこともない。

「ああ、そういえば劇研にも注目を集めたジャンヌ・ダルクというか、マドンナ的女性はいたけどね。社会的関心はほとんどないようで、デモにはきてくれなかったんだよ」

「あれえ、その話もおかしいよ。デモに参加しないからって、その女の評価を下げるんすか。逆に、デモへ行けば点数が上がるの？　それっていかにも教条的すぎるなあ」

「うん、イッキに賛成」

「そうはっきり決めつけるわけじゃないんだけど」

「いや、決めつけとるでしょう。不謹慎も古い思いますよ。すわり込みで、となりにおる女のことをきれいやと思ったらあかんの？　それこそケンカンのオーボーやないですか」

「言葉は古いか新しいかじゃなくて、本物か偽物かで選ばなきゃ」

「それにしてもおかしいなあ。なんか因習のにおいがしてくるわ」

「だけど、いっしょにスクラム組んだり、すわり込みしたりする女は、その時点でもう同志っていうか、性を超えた存在になるだろうが。そうじゃないか？」

「いやあ、そんなことあらへん思うな。女の人が横にいて髪の毛のいい匂いがしたら、それだけでおれなんかもうたまらんもん。同志いう以前に、まぎれない女の人を感じる。それを不謹慎なんて言われても、からだが反応するんやでしゃーないですよ」

「そういう反応は抑えるべきじゃないのかな」

「また抑えるべき、とか言う。自然にそうなることをなんで否定するんですか。いっつも言われっぱなしやけど、そういうとこ、変やないかな。そんなふうに自己規制する人こそ、ナンセンスそのものや思いますよ」

「ちょっと待てよ。すこし整理してみようよ」

「いや、おれにしてはまちがったことは言っとらん思うな」

「そうな、イッキにしては話がちゃんとわかる。もっと言えよ」

「とにかく先輩、頭が固いんすよ。おれは新島で、自画自賛やけどけっこう自分らしかった。大きな海に抱かれとるようで、気持ちがきれいになって、女についてもそら純粋やったでね」

ぼくはイッキのいつになく整然とした反論を聞きながら、当たっていると認めざるをえなかった。ヤスとふたりがかりで責められてはなおさらである。

「なんか、先輩前にして久しぶりにいっぱいしゃべってすっきりしたな。おれも、言うときゃ言えるんや」

イッキによれば、ぼくは古めかしくて、固くて、ナンセンスで、教条主義的なのである。

「おまえの頭がやわらかすぎるから、こっちが固く見えちゃうんだよ。いい迷惑だね。固いかどうかなんて相対的なもんだから、議論にはなんないよ」

説得力のない文句を並べながら、負けを認めるしかなかった。

＊

その夏のおわりころ、ぼくは大学四年間で卒業に必要な単位を取る目途も立ち、あとは卒業論文提出を残すのみというところまできていた。けれどもこの一年は、芝居と学生運動とアルバイトに明け暮れて、社会に出る実感がまるで湧いてこない。根なし草のまま四年間を駆け抜けてきて、（さて、いままで何をやってきたのか？）（いまいるここはどこだ？）（こんなことで世に出る資格はあるか？）などなど、基本的で重大な疑問がいくつも浮かんでくる。

土壇場で、なんというていたらくだろう。(いままでおまえは何を目指して生きてきたのか?)と、自分に問うてみるけれど、濃い霧が立ち込めるばかりである。イッキは万引きして自分の存在を証明しようと試みた。ぼくは霧にまかれたまま、どこにいるかさえわからない。このままでは彼に頭が上がらなくなってしまう。

六歳で小学校へ進んで以来一六年間、ひたすら学校の空気を吸いつづけてきた。いままでは学校という名の強固な砦に守られ、いわば夢を見つつ育ってきた。これからは守ってくれる砦はない。夢から覚めてひとりで闘わねばならない。世に出る、現実世界に足を踏み出すというのは、そういうことである。からだじゅうに満ちているはずの蓄えを、一七年目にしてついに外へはき出す時期がきているのに、道が見えない。

もちろん、芝居がきらいになったわけではない。けれどもこの世界で食べていくのがむずかしいことは、よくわかっている。高校から大学まで一貫して学生演劇をつづけてきたのは、プロの道へ進むためではなく、アマチュアとしての集団創造のおもしろさに魅せられたからである。打算や計算、妥協などとは無縁のアマチュアだからこそ、好きな台本を選び、気の合う仲間と純粋創造に打ち込んできた。けれども、プロとなればそういうわけにはいかない。高校からかぞえて七年にわたる学生演劇暮らしは、つまるところ純粋演劇修業とでもいうべき時間であった。そんな浮き世離れした修業の成果のなかに、現実社会で役に立つことなどありはしない。

夢見ることをやめると、それまで疎遠になっていた演劇専修クラスの交流が盛んになった。そこでは、みなが現実と向き合っている。もっとも、入学当時五〇人以上いた同期生の半数以上はどこかへ消えていた。なんとか卒業までこぎつけたなかに、卒業への不安を感じている者がふたりいた。そこへ、劇研の同期生で、このまま世に出る資格があるのかと大まじめに考えるふたりを加えて五人が集まった。大隈講堂の横にある学生会館で、五人は四年間の総括からはじめて、いま抱えている不安を正直にぶちまけ合った。一日では結論が出ず、会館のテーブルをはさんで三日間、全員一致で出した結論は「留年」であった。

さいわい、五人とも卒業に必要な単位は取れていた。そこで卒論提出を止め、いろいろな業種のアルバイトをしながら進路を考えることにした。授業に出る必要はないのでフルタイムで働ける。五人は、出版社のお使いさんや新聞社の社内連絡係、放送局の夜間警備員、映画会社の撮影所清掃係といったぐあいに、補助的ではあるが意外に組織の裏側が見えたりする業務に就くことができた。

それぞれ好みの職種体験を重ねて一年が経ち、また五人で集まった。けれども、自信をもって進路を決めた者は現われず、さらにもう一年かけて道を探すことになった。

二年目、ぼくは本作りの下請けをする編集プロダクションでお使いさんとして働いた。一〇人ほどのちいさな事務所で、雑誌の一ページ記事から三百ページの単行本まで種々雑多な注文を請け負い、出版社に納める仕事をこなしている。企画立案や取材、原稿書き、仕上げのページデザインなど、なんでも手伝わされる。おかげで、編集という仕事の流れを最初から最後までじっくり見ることができた。得意先には大小いくつもの出版社があり、使いで編集部に行って各社それぞれのふんい気をかぎ取ることもできた。その結果、大手はよくも悪くも役所のようであり、ちいさい出版社のほうが好きなことをやれそう、といった実像も見えてきた。

モラトリアムの二年がすぎ、ぼくは出版業界に行こうと決めた。編集の仕事に自信があったわけではない。アルバイト生の目で見るかぎり、本を作るのはひと文字ひと文字を積み重ねていく地道な作業で、それはもしかすると、三か月かけて一本の芝居をていねいに完成させる舞台作りに似ているかもしれないと、手前勝手なイメージを抱いたのである。

編集者としての基本ともいえる読書量にしたところが、それほど多くはなかった。けれどもぼくには、やはり舞台作りで得た奇妙な確信があった。それは、台本をしつこいほど読み込んできた経験に裏打ちされたものである。

芝居の稽古では、言ってみれば百冊の本を読むのではなく、一冊の台本を百回読む。たとえば「……」としか書かれていないだんまりの箇所があれば、なぜ黙るのか、なぜ言葉が出てこないのか、みなであぁでもないこうでもないと議論し、沈黙の理由を探す。もちろん最後には、すべてが演出家にゆだねられる。けれども、議論の過程は集団創造の背骨なのだ。そうして、みながいちおうの了解点に達したら、つぎの言葉の理由をまた追いかける。舞台に乗る前にくり返し読み込んだ台本は、まるでぼろ雑巾のようになってしまう。

おそらく本作りの仕事に就くには、百冊読んできた者が有利であろう。けれどもぼくは、冊数こそすくないけれど、一冊ごとに百回読んできた経験を編集作業に生かすことができるのではないかと、ひそかに自分を鼓舞したのである。

もうひとり、編集を希望するのがいた。彼はテレビ局で一年間アルバイトをつづけた。その現場で重宝がられ、試験だけ受けてみろ、なんとか合格させてやるからとまで言われたのに、彼は勧誘を断った。あんな秒刻みの仕事は好きじゃない、文字の世界のほうが自分に合っている、文字は映像より抽象段階が高くて押しつけがましくない、より高尚だというのである。

「コーショーだと？　気取るんじゃないよ。いま伸び盛りのテレビ業界に入れるチャンスを蹴るなんて、もったいないぞ」

残る四人で彼の姿勢を責めたけれど、彼は平然と言った。

「だって文字の歴史は数千年もあるのに、映像なんてたかだか百年くらいだろう。重みがちがうよ。おれは本作りの世界に進むんだ」

「でもなあ、映像が持つ説得力って、文字よりダイレクトでうんと強いと思うけどね」

「強いのはたしかさ。でも、映像は断定的で想像力を拒否するだろ。文字を意識するときに、おれの頭にいつも浮かんでくる詩があるんだよ。宮沢賢治の『春と修羅』って詩で、『はぎしり燃えてゆききする　おれはひとりの修羅なのだ』っていう二行。大好きなフレーズでね、文字のすごさがこれほど生きて迫ってくる例はないと思うんだ。おれは修羅なんだ、何かの化身なんだって思いが文字からずしんと伝わってくる。でもそのずしんを映像にできるか？　そんなもんできっこないし、してくれなくていいよ。文字がおれの頭のなかに修羅の像を作ってくれる。すると賢治がおれのなかで生き返り、立ち上がってくるんだ。こうやって、千人が読めば千の修羅像ができる。文字ってそういうちからがあると思うね」

「待てよ。そこまで言うのは、おまえなりの強い修羅像があるからだろう。とすれば、そこから斬新な映像作品ができるんじゃないか。テレビに進んで、試してみる価値はあるぞ」

「テレビは電気紙芝居だって言われるよな。おれにはそんな世界は合わない」

数日後、彼の卒論の題名が「春と修羅に見る千の修羅像と文字の力」だと聞いて、そこまで文字をたいせつにする姿勢に敬意を覚えたものである。

彼が引用した『春と修羅』で、記憶がひとつ呼び出された。高校二年の春、母と姉の喜美江、和子の三人が、奈良の明日香路から大和路を旅するというので同行したときのことである。

最初に行ったのは興福寺だった。薄暗い照明のなかにさびしげに立つ阿修羅像は、その細めの長い六本の腕が衝撃的で、蟹のお化けのように見えた。同時に、悲しすぎる表情と、その奥に潜むわずかな怒りが脳裏に焼きついた。

「阿修羅さん、かわいいけど悲しそうや。わたし、この人に見られとるようで恥ずかしいわ」

喜美江姉さんが言いながら、急に涙をこぼしはじめた。

「思ったよりちいさいね、悲しい子どもみたいやね。あかん、喜美ちゃんが泣くで、わたしまでうつってまったがね」

和子姉さんも涙を光らせている。母とぼくは、黙ってふたりが泣くのを見つめた。

「このごろわたし、急におセンチになったみたいや。竹久夢二の絵でも泣くし、阿修羅さんでも泣くし。困ったもんやなあ」

喜美江姉さんは、涙もふかずにまた阿修羅像に向かって手を合わせた。

そのあと大和路を抜けて明日香路に入った。桜にはまだ早かったけれど、古代の路に沿って背の高い菜の花が咲き、あるかなしかの風に揺られて四方におじぎをしていた。

「きれいやねえ。やっぱり、奈良のお花はなんや知らんけどありがたいわ。長良で見るのとはちょっとちがうねえ」

喜美江姉さんが感心して言う。

「そらあんた、となりのご飯がおいしそうに見えるのといっしょやよ」

母がわかったような返事をする。

「ほしたら、反対に、奈良の人が長良川の堤防で菜の花見て、こっちのほうが奈良よりきれいやなあ、って思うかね」

和子姉さんが訊いて、ふたりともこっくりとうなずく。

「となりのご飯やないよ、となりの芝生やろ」

ぼくは訂正したけれど三人はまるで意に介さず、菜の花に目を細めている。

「そうやったかね」

「でも、ご飯のほうがわかりやすいやろ」

喜美江姉さんはもっとも手きびしかった。

「そんなもん、どっちでもええ。男はすぐ理屈ばっかこねるであかん。ニーサマもキーチャもそうや。聞いとるうちに、いっつも頭が痛うなってまうわ」

そのあと、明日香路の終わるところで新薬師寺の薬師如来像に会った。

「薬師さんが持ってござる薬つぼには、どんな薬が入っとるんやろね」

母が訊いた。

「毒掃丸に決まっとるがね」

喜美江姉さんの答えに、思わず四人で吹き出した。薬師如来は心とからだの毒素を洗い流してくれるそうだから、答えとしては秀逸で文句のつけようがない。薬師如来の持つ薬つぼのなかの毒掃丸と、阿修羅のたたえる、かわいいけれど悲しそうな表情が旅の記憶に焼きついた。

その旅の数か月後にはじめて賢治の『春と修羅』を読み、ぼくのなかではいつも興福寺の阿修羅が、ひとりの修羅となって表われるようになった。それは、大きなしずくのなかに包まれるようにふわりと浮いている。像を包んでいるのは、どうやらふたりの姉の流した涙のしずくのように見える。賢治の詩のことを教えてくれた彼の言葉にしたがえば、ぼくの修羅は奈良興福寺におわすのである。

＊

ところでその後、卒業モラトリアムの五人組がどうなったかといえば、二年を費やしてようやくそれぞれに仕事を得た。出版社にふたり、あとは映画会社、広告代理店、新聞社にひとりずつという結果だった。

ブルーグリーンの瞳

一九六九年、ぼくは社員三〇人ほどのちいさな出版社で働いていた。配属先は、創刊されて二年足らずの『サムデイ』という女性向け月刊誌の編集部である。四〇歳を少し超えた編集長の神田知恵さんを中心に、男ふたり、女四人の六人所帯で、最初に回ってきた仕事は読者はがきの整理や投稿原稿の素読みだった。数百枚のはがきや判読しづらい読者の原稿に目を通すのはたいへんだったけれど、等身大の読者がそこにいて、懸命にこの記事をこう読んだと伝えてくる熱っぽさにはけっこう引き寄せられた。ぼくも小学校時代に、『少年』という月刊誌に投稿して採用されたことがある。全国から寄せられたはがきは、どれもかつての自分の分身のようで、名前から書き手の姿を想像しながら、一字一句ていねいに読んだ。

初夏になって、二年先輩の女性編集部員吉田久子さんが三〇代直前の読者に向けた「三〇歳のライフノート」と題する連載のシリーズ企画を提案した。第一回目は「ふるさとに生きる女の素顔。あした私は海女になる!」で、久子さんは、新聞のちいさなコラム記事で扱われた伊豆八丈島生まれの女性を候補にあげた。

　彼女は、東京へ出て大学に進学したが、中途退学して島へ戻り、島の男性と結婚した。半年ほど前に、夫婦で八丈島の数キロ西にある八丈小島へ移住し、百人足らずの住民に溶け込み、小島に豊富な海草採りで生計を立てはじめたところだという。記事は、この時代にあえて第一次産業に転身しようとして辺鄙な小島に渡った夢多い若夫婦、とふたりの姿勢を持ち上げていた。

　二回目の企画会議で、新聞社が撮ってきたというキャビネ大のモノクロ写真が回ってきた。目鼻立ちのはっきりした顔立ちの女性が写っている。まさかと思いつつ、もう一度眼鏡をはずして写真に見入った。新聞紙上のちいさな写真ではわからなかったが、まちがいない。劇研の伝説の人、菊池美恵乃さんである。学生時代よりふっくらした姿で、年を重ねたあとがうかがえる。

「この人、知ってますよ」

　写真を指さしながら声を大きくすると、みなが驚いた。

「え？　ほんとなの」

「おやおや、どういう知り合いなのよ」

「きれいな人だな。さては何かあったな？」

「いえいえ、そういうんじゃなくて」

「じゃ、どういうの？」

「なかなかやるじゃない」

興味しんしんの質問と好奇の目が集まる。

「ちがいます。大学の演劇サークルの先輩で、何かとうわさにのぼってたんですよ。演出部希望で、舞台には立たないって姿勢だったんだけど、劇団の幹部連中が彼女なら客集めできるぞ、舞台に出そうって画策してるうちに、そんな動きにいや気がさして逃げ出しちゃったんです」

「へえ、そりゃまたもったいなかったねえ」

もの欲しげな複数の視線に応えるべく、彼女の出生の秘密もすこしだけ明かす。

「たしか祖母がロシア革命の悲劇に巻き込まれて、母親はその子どもで父親もロシア生まれ。彼女の美しさには歴史の涙がまじってるなんて言われて、劇団の伝説になったんですよ」

久子さんがメモを見ながら言った。

「彼女を取材した記者が大学の先輩でね、記事にできなかったこと教えてくれたんだけど、この人、ロシア人の血を引いてて、それがいじめられる原因になったりしたんだって」

女性たちは、ため息まじりに批評をはじめた。

「そうなのか、ドラマがありそうねえ。こりゃ、なんとしても取り上げなきゃ」

「歴史の悲劇の末裔で、美人で、島へ渡って海女になるなんて、もう映画みたい」

感想はいずれもうなずける。ぼくは写真を指差した。

「彼女がどこでどうしてるか、駆け落ち説まであって謎だったんだけど、八丈島の、そのまた先の小島とはなあ。でも小島って、八丈からは近いんですよね」

編集長の神田さんが身を乗り出した。

「そうよ。学生時代の知り合いなら、きみ取材に行く？　大役になるけど任せてもいいわ」

「え、ぼくが行くんですか？」

「八丈って、けっこう遠いんだよね。そのまた先の小島まで行くのは怖いって、提案した久子が尻込みしてるから、マッチャン、行く自信があるならやってみて。ただしシリーズの一回目だから、いいかげんな姿勢じゃだめよ。相手が特別だからって鉾先ゆるめないように。自分でカメラ持っての単独取材になるけど、どう？　久子もちゃんとフォローするんだよ」

「はい。きみが代わりに担当してくれたらうれしいな」

「ええ、行かせてください。もちろん、うわついた気持ち抜きでやりますよ」

こんなふうにして、あの美恵乃さんに会う機会がめぐってきた。ところがつぎの日、久子さんが小島のことを調べていくうち、もうすぐ島民の全員が島を出て各地に移住する計画になっているということがわかった。

小島には、七百年ほど前から人の住んでいた形跡があり、明治以降も百人前後の人たちが電気水道なし、医者不在という環境に耐えながら暮らしてきている。けれども昭和期になって、急激な経済成長の嵐がこの僻地にも吹き寄せてきた。物質力にものをいわせる現代的な豊かさは、島の自然の恵みなどあっさり蹴散らし、生活の不便さが目立つようになった。

とりわけ暗くなってからの数時間、燃料発電機を回して見るテレビの影響は大きかった。集まった島びとにもっとも人気のある番組はプロレスだったけれど、それ以外の時間に流される都会の風景や人びとの暮らしの映像には、だれもが驚かされた。映画や物語ではなく、街なかで人びとがじっさいに生活を営む姿や、その日々の暮らしの実像が映し出される。通勤電車から人の波が吐き出され、スーパーマーケットに人びとが群らがり、広い道路を埋めるように車が走る。八丈島へ船で一時間、羽田まで飛行機で一時間かけて行けば、そこにはそういう暮らしがある。一四インチのちいさな白黒画面のなかで動く外の世界を見ているうちに、島の生活がすこしずつ色あせていく。海の向こうの世界が日に日に活気を帯びてくる。

こうしてテレビが入って数年後、島民全員の移住が決まったのである。

ぼくは、住民がいなくなる直前の小島に渡ることになった。菊池夫婦はこれからどうするのだろうか。緊急の編集会議で対応策が練られた。成り行きしだいで、タイトルは「三〇歳！　あした私は新天地へ旅立つ」といったことになるかもしれない。けれども、まずはその謎の女性に会って今後の身の振り方を取材するしかないだろう。いっそ彼女の数奇な人生に注目して手記形式の記事にするか、それとも、学生演劇のヒロインだった人物が伊豆七島の南端の島に渡った経緯を、感動ドキュメント仕立てにするか、などの予備案が並べられた。

翌日、いくつかのプランを取材ノートにまとめながら、ぼくは二〇人乗りのちいさなプロペラ機で羽田から小一時間、さらに八丈島西岸の八重根港で週に一度の定期船に乗り、四〇分かけて八丈小島へ上陸した。

舳先に立って島へ視線を走らせたとたん、不思議な存在感のある笑顔が、そこだけスポットライトを当てられたように光っている。ごつごつした溶岩性の岩の上に、まぎれもない美恵乃さんが立っている。

＊

ほぼ一〇年ぶりの邂逅である。写真ではわからなかったけれど、日焼けして色あせたように見える髪は雑にうしろでひとつにまとめただけ、化粧っけもまったくないのに、彼女は魅力的で艶やかさにあふれていた。その姿に吸い寄せられるように船の前部に立つ。島には船着き場があるわけではなく、波のおだやかな風下の岩場に長い舳先を押しつけ、波が上下するのに合わせて島の岩場へ跳び移らねばならない。

島への第一歩は、斜めになった岩肌ですべって尻もちをつくぶざまなものだった。さいわい美恵乃さんが大声で笑ってくれたので、定期船を待っていた二〇人ほどの島びとたちも、最初はあわれみの表情を浮かべていたものの、つぎの瞬間いっせいに笑い声に包まれた。

「あれあれ、だいじょうぶ？」

美恵乃さんが声をかけた。

「いやあすみません。でも海へ落ちるよりはよかったかな」

「そうね。ちょっと手荒い歓迎だったけど、八丈小島へようこそ」

「美恵乃さん、変わらないですね。よろしく」

彼女の陽光のようなまぶしさに圧倒されて、思わず目を細める。

「マッチャン、だよね。小島へ渡ってくるのは、だいたい釣りのお客さんで、釣り竿とか釣り道具持ってくるのに、あなたは肩にカメラぶら下げてるだけ。すぐわかったよ」

「そうか、慣れた感じで先にひょいひょい跳んでたのは、釣りにきた人たちなんだ」

「きみ、なんとなく面影の記憶あるわ。そうそう、田舎の高校生そのままだったものねえ」

「あれからもう一〇年経ってるんで、すこしはおとなになったと思うんですけどね。ぼくはすぐわかりましたよ。あのころの美恵乃さんにドーランで皺を二、三本入れたら、そのまんま、いまの美恵乃さんになる」

「へえ、喜んでいいのかな。ともかく、こんなところで学生時代の仲間に会うなんてね。劇研の仲間でなきゃ、知らんぷりしてたな。でも、久しぶりにあのころの仲間に会えてうれしいね。わたし、中途退学のはんぱな学生にしては、いろいろ体験したもの」

「そうですよ、いろいろありましたよね」

「きょうは先輩後輩じゃなくて、きみはわたしを取材にきた記者ってわけだ」

「ええ。でもじつは、出張取材は今度がはじめてなんですよ」

「それじゃ、初仕事ってことなのか。それはまた光栄というか、不安というか。ははは」

「笑ってもらってけっこうです。緊張もしてるんですけど、もっと言えば美恵乃さんに会えるんなら取材は二の次でもいいって、はるばる海を渡ってこんな僻地へきたんですよ」

「ほっほー、海を渡ってここまで、ね。でもあまり僻地って差別しないように。それにわたし、おもしろいことなんて、なーんにもない。取材は難航すると思うよ」

「まあそう言わずに。ぼくのほうにも作戦がありますからね」

小島には平地がなく、道もちいさな畑も、船着き場から太平山の頂上に向かって斜めに傾いたままである。ぼくたちは人家の見える方角へ坂道を上りながら、話をつづけた。

美恵乃さんの連れ合いは、八丈の役場へ出かけていて不在だった。夫婦はこの先どうするか、迷っている。島全体が移住すると決まって、さすがにふたりだけで残るわけにはいかなくなった。海草採りはあきらめ、とりあえず八丈に戻って美恵乃さんの実家を拠点に漁師になることを考えているという。

坂道が終わり、ちいさな校舎と平らに切り拓かれた校庭らしき広場が見えてくる。

「ここ鳥打小中学校、島でただひとつの学校ね。生徒は全員で七人。子どもたちはみんな、本島か東京へ行きたいみたいよ。お年寄りは残りたいって人が多いけどね」

「この地区には何人くらい住んでるんですか」

「八〇人くらいかな。そのうち半数近くがわたしんとこと同じ菊池さん。本島にも菊池さんがたくさんいるよ」

「へえ、おもしろい。つまりキクチ島ってことですね」

「菊池さんのつぎに多いのは浅沼さん。そういうとこ、いかにもちいさな島らしいでしょう」

校庭の芝にすわり、左右一八〇度の視野いっぱいに広がる海を見下ろす。右後方にあるはずの八丈富士は、山に隠れて見えない。ぐるりと視線をめぐらすついでに美恵乃さんをのぞき込み、瞳の色をたしかめる。すると、青のなかにうっすら緑色がまじっていることに気づいた。青緑ではなく、ブルーグリーンとカナでイメージするほうが実物に近いように思われる。ロシアだけでなく、ほかの民族の色がまじっているということなのかもしれない。美恵乃さんが気づいた。

「おい、近すぎるよ。不思議そうに何見てるの」

「失礼。美恵乃さんの瞳の色、ブルーグリーンなんだ。こんな色、はじめて見ますね」

「太陽が低くなってまぶしいでしょう。瞳孔が縮んで、そのぶん虹彩が大きくなってるから目立つんだろうね。ま、目の色のことはやめとこ。見られるの、あまり好きじゃないから」

「ごめんなさい。めずらしい色なんで、つい」

「これだから、あのとき表舞台に出るのがいやだったんだよ。人は外見じゃない、って大声で叫びたかった時期。それに、困民党ではじめて舞台監督の助手やって、裏方のおもしろさがわかってきてたでしょう。あの芝居じゃ、きみたち新人は百姓になったり役人になったりで、けっこう忙しかったんだよね。新入生、四、五〇人はいたっけ」

「もっと多かったかな。みんな顔に茶色のドーラン塗りたくったり、役人の制服着たり」

「百姓役ったって、わあーって声あげて走るだけだったよね。わたしは夢中で舞台進行を仕切って、集団創造の喜びってやつ、たっぷり味わってたなあ。充実してたよ、あのころは」

日焼けして茶色のそばかすもまじった横顔には、ただ健康的であるというだけではない、その裏にかすかな憂いの色もにじんでいるようである。ぼくは、そんな俗物的な見立てを消すように、声を高くした。

「とにかく美恵乃さんがとつぜんいなくなっちゃってからは、いろんなうわさばなしが飛び交ってそりゃもう大騒ぎでしたよ」

「あれからひとむかし、ね。わたしもあとになってずいぶんとっぴな行動とったな、若気の至りだったなあって、反省はしたんだよ」

「駆け落ちなんて古典的な消え方したから」

彼女は笑いながら否定した。

「それはちがうな。あのときの劇団のやり方、ちょっとひどすぎたんだから」

「歴史に名高い女スパイ役をやらせて、商業演劇みたいに稼ごうって計画でした」

「わたしも潔癖すぎたのかもしれないわね。八丈出身の高校の先輩で、よく相談相手になってくれた人がいたの。その人に汚れたね、って言われて、どっきりしちゃって島へもどったのよ」

「それって駆け落ちでしょう」

「いーえ、結婚したのは彼じゃないしね。わたしらしく生きようとしてただけよ。マッチャン、二〇歳そこそこの女が、汚れたって言われてどのくらいショックか、わかる？　あのころはほんとにまっすぐで、生きることに打算とか疑問、誇張なんてもの、いっさいなかったでしょう。だから、もう取り返しのつかないところまできてしまったようで、こわかったんだ。そんなふうになったのは東京へ出たせいもあるって、急に島へ帰りたくなったのね」

　美恵乃さんの口から出る言葉は学生時代そのままで、一直線にこちらへ跳び込んでくる。

「あの怒濤のような芝居の季節のことについてなら、話したいことが山ほどあるんだけど、いまのわたしには語るべきものはなんにもないよ。そんなんで取材になるの？」

　美恵乃さんは、ブルーグリーンの瞳をいたずらっぽく光らせて言った。

「美恵乃さん夫婦のこれからの話も聞かなくちゃ、わかりません。でも、たしかに学生時代のことだと話が尽きないですね」

「そうよね。いまこの瞬間も、あのころのあれやこれやがよみがえってきて、どんなディテールもはっきり話せそう。学生時代とちがって、訊かれたらなんでも話せるよ。わたしの個人史なら、それなりにドラマチックなところもあるから」

　美恵乃さんはぼくをうながし、定期船の着いた岩場からすこし西に行った断崖へ案内した。海へ落ちかかる夕陽が正面にある。その赤い光に語りかけるようにして、話はつづいた。

　白系ロシア人である彼女の祖母は、一九三〇年代、夫とともに亡命して北海道の函館に渡ってきた。そこで生まれた娘のテルは、両親がまわりから爪弾きにされ、孤立しているのをちいさいころから感じてきた。

　テルが二五歳になったとき、その青い目に惹かれる若者が現われた。一歳年下の税関吏で、やはりロシアの血を引く青い目の男、菊池ケンだった。ふたりは、まわりの好奇の目にさらされてきた痛みを共有し、意気投合した。両親の死後、テルは函館を遠く離れた土地で新たな生活をはじめようと提案した。もとよりケンに異存はない。

ふたりが移住先として選んだのは、伊豆七島の八丈島であった。伊豆の島々には、重罪で渡ってきた流人を受け容れてきた長い歴史がある。それはお上の差配であり、否応なしの押しつけだったけれど、よその地からやってくる人びとに対して島の人たちは伝統的に寛容でやさしいと聞いていた。夫婦は、それを知って八丈島を選んだ。

もうひとつの理由は、菊池姓にあった。八丈島の住民は菊池姓が多い。人口は一万人前後で、そのうち菊池姓は二百に届いた。島の菊池さんたちにまぎれて暮らせば、目立たなくていいだろうとふたりは思った。まったくの新天地で、近所に住む何人かの菊池さんとも親しくなり、やがて娘が生まれた。それが美恵乃さんである。親になったケンとテルは、予期していたとおり娘の目が青いのを見て、誇りと恐怖を同時に感じた。青い目が娘に引き継がれたことはうれしい。けれども自分たちが経験したように、それが差別される理由になるのではないだろうか。夫婦がふたり目の子どもをあきらめたのは、その色のせいもあった。

案の定、青い色に対して子どもたちは容赦がなかった。小学校六年のとき、クラスでいちばんけんかの強い男子が、美恵乃さんのことを「青い目の魔女」と名づけていじめるようになった。一年前までは「ミエノが好きじゃ。まなこが青いから天使みたいで」と言って追いかけていた彼が、クラス仲間に「めずらし好きの変わりもん」とからかわれて以来、大きく態度を変えたのである。天使には反応を示さなかったクラスメートたちが、魔女には飛びついた。強い響きを持つ言葉は、とかく子どもたちのあいだでは伝播しやすいものだ。魔女はあっという間に学校じゅうに広がり、美恵乃さんは自分の殻をいっそう固くして、なかに閉じこもるようになった。

高校に上がっても、男子生徒たちのしつこい視線とささやき声から、相変わらず特殊な目で見られていることがわかった。彼女は、そうした反応を差別として受け取るようになった。ちいさいころとちがって、まわりの視線がもっと陰湿になっている。視線の冷たさは、美恵乃さんのなかでそのまま差別の深さに置き換わった。

「わたしの目の色がほかの人とちがうんだって最初に気づいたのは、小学校一年のときだったかな。髪の色の明るいのは、日焼けしやすいからだって思ってたし」

「目の色のちがいに集まる好奇の視線を、本人は差別と勘ちがいしたんですね」

「そうね。わたしの自意識は目の色のちがいで目覚めたってわけよ」

人づき合いを避けながら中学高校をやりすごした美恵乃さんは、逃げるように東京へ出て、大学へ進学する。そして受験勉強の合い間に、翻訳劇『欲望という名の電車』の舞台を観て、主演女優杉村春子さんの熱演に経験したことのない衝撃を受けた。

生の舞台を観るのは生まれてはじめてだった。目の前の舞台で動き、話している人間たちは役を演じている俳優ではなく、生身の人間そのもののように感じられた。杉村春子さんを、芝居の主人公ブランチ・デュボアその人だと受け取った。さまざまな束縛や抑圧を超え、みずからの内なる衝動のおもむくまま自由に生きようとするブランチは、幕が開いている二時間のうちに、理想像となって大きく美恵乃さんのなかに居すわった。

舞台を観た翌朝、太陽がかつてないほど美しく見えて、今朝の自分は昨日までとちがう人間になったという気がした。そして、大学入学式の日に劇研の部室の扉をたたいた。一刻も早く演劇の世界に身を置いて、舞台創造の仕事に加わりたかったのである。数多い学内劇団から劇研を選んだのは、たまたま劇研のポスターが最初に目に入ったからだった。

*

八丈小島を赤く染めて、燃えるような夕陽が海に沈んでいく。その残照で島の西の海全体が朱に染まる。ぼくたちは、巨大な天空のドームのなかの、二つのちいさな点になった。美恵乃さんは、西の海に面する岩壁の端に立ったまま、舞台のブランチのように奔放に話を進めた。用意した質問を投げかけて、なんとか記事をまとめる方向へ誘導したかったのに、彼女の話のほうがおもしろくて中断するのはもったいない。ぼくはメモするのを止めることにした。

大学では、さすがに差別的な視線を向けられることはなくなった。けれども劇団では容貌を話題にされることが増え、そのぶんよけいに自分は何者なのかと考えるようになった。

「劇団員のなかで、わたしは百分の一の新人であり、八丈という島出身の一九歳であり、演劇科という専門分野を選んだステージストラックでありと、自分の属性をあれこれ並べてみたんだ。

でも容姿についてだけは判断基準が見つからずに、ただ混乱するだけで、ほんとに困ったわよ。わたしってだれなんだろうって悩んだり、反抗したり」

「つまり、青い目ゆえにずーっと自分探しをしてきたんですね。これで、美恵乃さんのことがひとつわかったような気がするな」

「わたし、ちいさいころから反抗的だとか協調性がないとか言われることが多くて、そのうちにこんどは目が青いだの、造作が日本人離れしてるなんて言われるようになったでしょう。外国の血が流れてるんだから当然なのよ。だいたいそんな見方、わたしのレーゾンデートルと無関係だから、へっ、ばかなこと言ってるなって黙殺してきたんだよ」

火に油を注ぐことになった。レーゾンデートルと言われて、それは存在理由といった意味の哲学用語で、学生時代に流行りのように使った言葉であるのを思い出した。

「こんどはレーゾンデートルですか。美恵乃さん、よくあのころの言葉を覚えてますね」

「芝居に夢中だったけど、勉強も真剣にしたからね。教室移動の時間も無駄にできないって、前のめりで早足で、まわりも見ないで突進してたと思うな。劇研のだれかがね、おまえの歩き方は戦車みたいで怖いよ、その見栄えが台なしだぞ、って言ったの。そのときわたし、よしっ、て思ったもの。台なしでいい。見栄えなんてわたしの内面とまったく関係ない、外見が台なしになれば、それだけわたしは呪縛から解放されるわけで、むしろ大歓迎だって思ったわ」

「へえ、そんなふうに感じてたんですか」

「女としては、男たちにちやほやされて喜ぶなんて、もっとも唾棄すべき依存行為、くらいに思ってたよ。それはいまも変わらない。ま、この年になるとすこしはいい気分になることもあるけどね、へへへ」

ちいさいころから、とかく外見のことを話題にされてきたせいで、美恵乃さんはいつもそれ以外の存在理由、生きている根拠を探しながら大きくなってきたところがある。

演劇仲間には、原節子だのイングリッド・バーグマンだのとはやし立てられてきた。それらの女優たちが美しいことはわかる。彼女たちはそれを梃子にして映画を彩り、観客にため息をつかせてきた。けれども、仮にあの女優たちに似ているとしても、それはわたしのほんの一部にすぎない。そんなものがレーゾンデートルにはなりえないだろう。そういう属性が、自分の内的なあれこれを覆い隠してしまうのであれば、それはむしろ悪しき逆転現象ではないか。ならばわたしは、容姿に対する批評を拒否しよう。無視することにしよう。そういう言葉をかけてくる相手を信用しないことにしよう——。美恵乃さんはそう決めた。

「うーん、わかるけど、外見だってその人の一部だと思うんだけどなあ」

「それを利用する人もいるよね。でもわたしはそうしなかった、拒否したの。劇研時代のあのスパイ劇の計画、女優として参加してもいいかなってとこまで行ってたのよ。でも演出部が、菊池の容貌を最大限生かそうとか、大きい写真パネル作って会場の入口に立てようかとか、そんなことばかり言うもんだから、拒否反応で、えいやっ、てやめることにしたんだ」

「中国清王朝の血をひく女っていうキャラクターは、頑固な菊池美恵乃もきっと認めるぞってうわさしてたんだけどな」

「サルトルの『汚れた手』の上演資金集めで、わたしを利用しようって作戦だったでしょう。ほんとはね、サルトルの芝居やるっていうんで、わたしあわてて読みはじめたんだ。そしたら、自分なりに積み重ねてきた考え方や歴史が、完全にひっくり返ってしまったの。あれ、いままで悩んできたことってなんだっけ、みんなまちがってたのかなって。その刺激は大きかったなあ」

「サルトルで悟る、なんて。あ、失礼」

「いいから聞きなさい。わたし、劇研でサルトルの舞台やれるんだったら、その資金集めに利用されてもかまわないってとこまで覚悟したんだ。とにかく、それくらい打たれたからね。生きるってどういうことなのか、その最大のヒントをくれたのがサルトルだったわね」

「ぼくなんか、作品読むより先にフランスの学生運動のシンパサイザーって聞いて単純に尊敬してただけ。戯曲よりも、その行動派としてのフットワークが際立ってたもんだから」

「それもあるよ。でも、いちばん腑に落ちたのはこんな箇所。つまり物事の本質を説くのに、本質なんてものはない、あるのは存在そのもののいろんな側面の表出だけで、そういう表出の総体が本質なんだ、ってずばり言うの。いまじゃ、表出なんて通用しないかもしれないけどね」

「ヒョウシュツか。また哲学入門ですね」

「わたしの理解ではね、人間に当てはめて、その人の本質とは、たとえばやさしくて包容力があって、背が高くてハンサム、っていうようなこと？　そうじゃないよね。ならばもっと深いところかな。たとえばキクチミエノ。日本人とちがう外見であれこれ言われて、内部に傷を負ってる女——そういうのが本質？　ちがうちがう、そうじゃない。わたしのなかにはもっといろんなものが入ってて、どれをとってもみんなわたしなんだ」

「表面に出てくることが表出で、出てきたものを表徴って言うんでしたか。とにかく、内部にあるんじゃなくて外に出てるもののこと？　むずかしいなあ、見えてるもんの総体が本質ってことか。うーん、でも、だいじなものほど深いとこにあるような気がするんだけどな」

「じゃ、内部って何よ。もっと深いとこ？　奥底のほうのこと？　そうじゃなくて、外側に表われてるもののすべてが本質だって、あらためて思い直してみて。ちいさくても大きくても、弱くても強くても、そこに表われ出てるものはみんな本質の一部なのよ。そういうこと」

「だったら、美恵乃さんが外見でまわりの注目を浴びることも、本質を見た反応のかけらですよね。そんなこと認めないっていうけど、否応なしにそれも美恵乃さん自身のはっきりした表徴なんだ。目の青いとこだって同じ。それは認めますか、というより認めるしかないでしょう」

「そう。そういう部分もわたし、青い目もわたし。まわりからなんだかんだ言われて、その呪縛から逃がれようとして否定しつづけてきたけど、それもわたしの一部にはちがいない。それで、いったんそう認めたら、それまでのネガがポジになってきたわけ。暗い穴ぐらから出られたの。でも、世間てやつは、どうも目立つところだけ強調して騒ぎ立てる傾向があるよね。それはまちがってる。わたしってひとつだけじゃないの。無数にあるわたし、その総体がわたしなんだ。目が青いのも、ひとつの構成要素にすぎないのよ」

八丈小島が回り舞台のように動きはじめた。全天を覆いつつ降りてくる夜の帳《とばり》の先端が、西の空の残りすくない薄明かりを消そうとしている。そしてとつぜん西の明かりは見えなくなり、頭上の黒い幕のなかでちいさな光がいっせいにきらきらとまたたきはじめる。

地上の夕べは終わり、天空の昼がはじまった。黙っていた星々が話しはじめ、それらの言葉がちいさな八丈小島のわずかに平らな原っぱに降りそそぐ。降りそそぐというのはけっして誇張ではなく、じっさいに星明かりで人の顔が判別できるほどなのだ。それほど感覚が鋭くなった原因は、星明かりが意外に強力だからというだけでなく、都会を離れて海の果てのような島までやってきたおかげで、からだの奥に眠っていた何かが目覚めたからなのかもしれない。

そんな目に、美恵乃さんはまるで暗闇に置かれた宝石のように輝いて見える。本質だの表出だのといったこむずかしい言葉を超えて、その存在感がこちらに届く。

「ホンシツなんかは別にして、美恵乃さん、きれいです」

暗くなったおかげで、照れくささや恥ずかしさといったちっぽけな感覚は忘れてしまった。

「おいおい、おだやかじゃないな、マッチャン」

美恵乃さんも暗がりで開放的になったらしく、ぼくの顔をのぞき込むように言った。

「久しぶりに、辞書から借りてきたみたいな学生用語、ずいぶん使っちゃったね。でもそのせいか、アガキブンまで若返ったみたいでとってもおもしろいや」

「え、アガキ?」

「ああそうか、ごめん、わからないよね。ここらではよく自分のこと、アって言うの。アガキブンは、わたしの気分てこと。吾のアだと思う。ふるーい言い方だけど、このあたりじゃおなじみで、若い人も自分のことをアって言うことあるよ。わたしもこの表現、気に入ってる。お年寄りなんかだと、相手をナって言ったりすることもあるわ。汝のナかもしれなくて、これだって古いと思う。島っていう閉鎖された土地で、長いこと使われてきて生き残った言葉、そう考えると、アもナも生きててくれてよかった、って抱きしめたくなるくらい感動的よね」

「へえ、アとナでわたしとあなた、ふたりのこと。シンプルでいいですね」

「そうでしょう。何百年も前の時代にタイムスリップしたみたいよね」

美恵乃さんは、サルトルを語っているときより自由でうれしそうだった。

古い言葉が残っているのは島の閉鎖性のためだけでなく、新しいものが届かなかった証拠でもある。けれども、古いものはそれだけでも美しいことがある。白系露人の末裔としての菊池美恵乃の瞳は青い。その青もまた、古くて美しいもののように見える。

「美恵乃さんに会えただけでも、ここへきてよかったなと思います。なんだか古き善きものに会えたみたいで」

「ははは、古き善きものか。わたしもだいぶ古くなったからねえ」

「いや、瞳の青さが帝政ロシアの歴史につながっている、っていう意味の古さですよ。美恵乃さんは古くなったんじゃなくて、飾り気のないぶん、美しさが際立ってるっていうのかな」

「やめてよ。それになあに、帝政ロシアだって？　そこまで戻るのかい」

「それだって、さっきの伝で言えば本質の一部ってわけでしょ」

「学生気分は、ここらでおしまい。それよりおなか空いたでしょ。宿で、あした葉のてんぷら食べさせてもらえば？　ほらそこ、足許に生えてる緑の葉っぱ、それ、摘んどいて」

「ああ、これが一日で育つっていうアシタバね」

美恵乃さんは、坂道を百メートルほど昇ったあたりのちいさな平屋建てを指さした。

「あの空き屋を借りてるの。よければ泊まってきますか」

「いえいえ、美恵乃さんちへ泊まるわけにはいきませんよ」

「ナの宿は五平さんちだったね。うちの三軒先」

「取材なんだから、きちんとしなきゃ」

「ああ、仕事ね。そんなの忘れてたな」

「それに今夜は美恵乃さんひとりなんでしょう、まずいですよ」

「いえいえ、八時になったら発電機が止まって島じゅうまっくら。それに近所には何もかも筒抜けだから、何も起こりようがない。だいじょうぶよ」

民宿ではもう夕食の支度ができていた。美恵乃さんは宿のおかみさんにあした葉を渡して頭を下げると、「ご飯が終わったあたりでまた寄るね」と言って出ていった。

＊

八丈小島の民宿五平の夕食に出たあした葉の天ぷらは、にがみと歯ごたえに野性の味わいがあり、あらためて遠い島へきていることを感じさせた。あした葉は、きょう摘んでもあしたにはもう芽を出すという生命力の強い菜っぱであり、食糧の乏しい伊豆の島々ではイノチ草として重宝されてきた。イッキが新島から送ってくれた海苔にも、同じ野性味があったことを思い出す。

食べ終えてお茶をすすっていると、宿の電灯が消えた。ちいさくタッタッタッと響いていた発電機のエンジン音が止まり、静けさがあたりに満ちる。ろうそくの用意はあったけれど、美恵乃さんが見計らったように灯油のカンテラを持ってやってきた。

その夜の話は、ゆらゆら揺れるカンテラの灯の下ではじまった。なかでも流刑制度がはじまって以来、八丈が一九〇〇人もの流人を受け入れてきたという歴史には、目の覚める思いがした。

「そうかそうか、八丈って流人が送られたいちばん遠い島なんですよね。そんなにたくさん流人が渡ってきたんだ」

「外からくる人にやさしい島。わたしの親たちも、そう思ってはるばるやってきたんだもの」

「新島に流された百姓一揆の親方で、飛騨高山出身の流人のこと知ってます。百姓たちのために献身的に働いた義民ですよ」

「ああ、義民て言葉があったっけね」

「そう、他人のために命を賭して働く人のこと。この上木屋甚兵衛って人物、裕福な家に育って教養もあったから、島では子どもを集めて文字を教えたりした。おかげできびしい島の生活にもなじんで、ヒダンジイって呼ばれるくらい親しまれて、最後は新島に骨を埋めたんです」

「知ってるよ、飛騨んじいのこと」

「へえ、美恵乃さんも？」

「マッチャン、岐阜だったよね。だから秩父困民党の公演のとき、その百年ほど前に郡上で大きな一揆があったって教えてくれたじゃない。飛騨高山って、郡上八幡からそんなに遠くなくて、そこでも騒動が起きたんでしょ」

「何度も一揆があったのは、お上に刃向かうだけの知恵やちからがあったり、賢明なリーダーがいたり、または、それほど貧しかったからかもしれないんですが。いずれにせよ、郡上も高山も一揆としては記録的に長くつづいて、そうとう勇ましかったとは言えるでしょうね。郡上一揆の一五年以上あとに飛騨高山の大原騒動勃発だから、飛び火したとは考えにくいかな」

「でも深い山奥の出来事としては、画期的なんだろうね」

「ははは、山奥か。ええ、郡上と飛騨は中央分水嶺の南と北ですからね。その飛騨で起きた一揆を指揮してきた甚兵衛が島流しになったのは、六〇すぎでした。その息子が、はるばる飛騨から新島に渡って父親がなくなるまでつき添ったんですね。父親が死んだあとに、自分の座像を彫って父の墓石の横に置いてきたっていうんだから、泣かせるでしょう。いまでも島には息子の石像が残ってて、父の墓石の横で墓守りしてますよ」

美恵乃さんは目を大きく見開いた。

「待って、よく知ってるねえ。その墓地って白い砂が敷かれてるでしょう」

「え、美恵乃さんも見たんですか？　六一年だったな、ぼくも新島に通ってた時期があって」

「それってミサイル試射場闘争のときね。きみも新島行ったのか」

ぼくは美恵乃さんの背後に、あのころの島を思い浮かべた。美恵乃さんも、ぼくのうしろに同じ風景を見ているようである。

「へえ、美恵乃さんも新島へ？　そりゃ楽しい偶然だなあ。安保条約締結のあと、米軍の動きが新島に噴き出るって大騒ぎになって、ぼくらも出かけたんです。新島の百姓一揆の手伝いに」

美恵乃さんは何度もうなずきながら、手のひらをこちらに向けて静かに制した。

「そうなのか。アも新島へ行ったのよ。学生運動にはあまり関心がなかったんだけど、のどかな島にミサイル試射場作る計画があるって知って、インジイウンバアたちの反対同盟のこと応援しに行ったんだ。そうね、あれは百姓一揆だったのかもしれないね」

あらためて彼女の表情をたしかめる。新島がよみがえってくる。デモとすわり込み戦術と白い砂の墓地が、浮かんでは消える。ふと、イッキが新島でジャンヌ・ダルクに会ったと言っていたのを思い出した。ひょっとしたらそれが美恵乃さんだったのか——ぼくは、いろいろ訊きたいのをこらえて耳を傾けた。

「わたし、安保についてはよくわからなかったけど、戦争だのミサイルはまずいだろうって思ったわ。いつだって戦争のこと考えるのは愚かな男たちだと思ってたし、そうでなくてもわたし、男たちの視線には、ちいさいころから警戒心持ってたからね」

「ひょっとしたら美恵乃さん、新島でジャンヌ・ダルクって呼ばれていませんでしたか」

「うん。でも、それだって男たちの言葉。いっさい無視したわね」

「無視か、美恵乃さんらしいや。前のめりで脇目もふらず歩いてた学生時代とおんなじ」

「いいえ、島ではもっとおとなだったよ。でも、なぜそんなこと知ってるの？」

「闘争で島に張りついてた後輩から聞いたんですよ、美しいジャンヌ・ダルクがいたって」

「あれ、その後輩の名前は？」

「小坂イッキ」

「えー、イッキか。知ってるよう。いつも早口で、何を言ってるかよく聞きとれないんだ。でも気のいいやつで、島の人たちにはかわいがられてたなあ」

「まちがいなく彼です。本人もちやほやされるのがうれしくて、おれは運動の潤滑油なんだって自慢げに言うんだけど、口出しはじめると収拾つかなくなる」

「ははは。そうか、彼はマッチャンの後輩だったのか」

「あいつ、新島から帰ってきてしばらくして、ブタ箱に収容されたんですよ」

「えー、懲りずにまたデモなんかやったの？」

「それが情けないことに万引き、新宿の百貨店で」

「おやおや、彼、そんなことするんだ」

「本人は自己確認のためだって。でもばかでしょう、万引きなんて」

「かわいいもんじゃないの、それで自己確認できたんなら」

「女子にふられて、その腹いせでか、彼女に似合いそうなハンドバッグに手を出しちゃった。ふられたあとにですよ」

「へえ、まるで純愛物語。泣かせるね」

美恵乃さんは意外にもイッキに同情的だった。

「盗るのが目的じゃなくて、かわいいっていえばそうなんだけど、やっぱりなさけない」

「新島でね、道路に穴掘ってすわり込みやると警察がごぼう抜きにかかるの。でもイッキはいつも最後まで抵抗してたなあ。悪いやつじゃなかったよ、ふふふ」

なつかしげな思い出し笑いだった。

「それにしても、美恵乃さんが新島と縁があったとはなあ」

「おもしろいね。縁て言えば、新島と八丈は古くから縁があるわよ、おたがい流人の島としてね」

「ああ、新島の流人墓地は史跡にもなってるし、八丈へも流人がきたわけで」

「そうね。この八丈は、伊豆諸島でいちばんたくさん流人を受け入れてきたんだよ」

「もっとも罪の重い流人が流されてきたんでしょう」

「岐阜の飛驒からきた流人もいたんだって。その人、百姓一揆を取り締まる側だったとか」

「あ、それ、飛驒の役人の大原郡代ですよ。親子で一連の騒動にかかわったから、その名をとって大原騒動って呼ばれてる。平気で私腹を肥やすひどい役人だったらしくて、幕府も見かねて大原を八丈まで流すことにしたそうです」

「でも、島にはとてもよくなじんだらしいのね。役人で、もちろん文字もわかるから、役場の書記みたいな仕事を任されてたの。子どもたちに文字を教えてたってところは、新島の飛驒んじいとよく似てる。たしか、その息子も八丈へ渡ってきてるはずよ」

「へえー、息子もね。新島の甚兵衛親子とそっくり」

「その役人、流人たちの刃傷沙汰に巻き込まれて大怪我して、その犯人が小島まで流されてきたって話よ。八丈で罪を犯した者は、こらしめでここへ送られることになってたようだから」

「じゃあ、小島は島流しの、そのまた果ての地なんですね」

ふと、話がとぎれた。風が落ちて海は凪ぎ、潮騒も遠くちいさくなってきた。しっとりした空気が島を覆いはじめている——。

「おーい、ちょっとお疲れかな」

美恵乃さんが肩をたたいているのにはっとして、あわてて起きる。

「あれ、いけない。寝ちゃいましたか」

「驚いたわよ、とつぜん目を閉じちゃうんだもの。一瞬だったけどね」

「失礼しました。朝、東京を発って、美恵乃さんに会っていっぱいしゃべって、緊張して、その空きにふっと睡魔が襲ったんだな。いやあ、ごめんなさい」

「わたしも気づかなくて。ここらでお開きにしましょうね。あしたもあることだし」

美恵乃さんは、ぼくの肩をぽーんとたたいて帰っていった。仕事の取材はともかくとして、実りの多い一日だったと自分に言いわけしながら、ふとんに入った。かすかに潮の匂いがした。

第四章　長良軽便鉄道の夜

黒瀬川を越えたところ

二時間ほど眠り、七時に目が覚めた。八〇人が住む八丈小島鳥打地区の南側にそびえる太平山は、標高六〇〇メートルあって、このあたりは朝が遅くなる。太陽は見えないものの、南を除く三方を海に囲まれているせいで朝の光はすでに目を細めたくなるほどまぶしく、あたりには朝露に濡れた草の光と、海からくる潮の濃厚な匂いが立ちこめている。

三〇センチはあろうかという大きなアジの干物と、わかめのみそ汁の朝食をすませ、持ってきたカメラにフィルムを装填して取材に備える。きのうは、美恵乃さんの半生から島の流人の歴史に至るまで、興味深い話を聞くことができたけれど、メモをとることもできないまま時間がすぎた。残り二日でどのくらい取材ができるか、何しろはじめての経験で見当がつかない。

取材ノートの冒頭にまとめた質問内容を見直していると、美恵乃さんが淡い青を基調にしたタータンチェックのワンピース姿で、学生時代にもどったような若さをみなぎらせて現われた。海からの風が吹き通る六畳間に、向かい合ってすわり込む。

「おはよう。きのうは遅くまでごめんね。浜の畑に出てた五平のおばさんにも言っといたよ、小島のことを雑誌に書いてもらうからよろしくねって」

「ありがとうございます。美恵乃さんこそあまり寝られなかったと思うけど、平気ですか」

「熟睡よ。いろいろと吐き出したせいかもしれないな。マッチャンは、街の騒音がなくてさびしかったんじゃない？」

ぼくは笑いながら首を横に振った。薄く口紅を引いた美恵乃さんの笑顔が、きのうとちがっていちだんと華やかである。

「きょうはまた若いなあ、まるでとれたての女学生みたいですよ」

「ははは、そんなお世辞が言えるなんて、ずいぶんおとなになったもんだ。きみ、大学のころはズック靴に詰め襟姿で、まるで田舎の高校生そのまんまだったからね」

「そうそう、革靴なんてはいたことなかったからな。きょうは運動靴だけど、これは岩だらけの僻地取材用でしてね」

「あんまりヘキチヘキチって言うと、怒るぞ」

「失礼。僻地とか辺境のこと、ぼくはわりに好きなんですけどね」

「差別用語ぎりぎりよ」

「何が僻地で、何が中央か、それは自分が主体的にどこにいるか、選んだ立ち位置で決まると思うんです。ぼくは東京住まいだけど、いま小島にいて、とても心地がいい。ふるさとにいるみたいにおちついてます。ヘキチはつまり、尊敬語なんですよ」

「語りますねえ。はいはい、マッチャンの言うことよくわかるよ。でもこんな話ばかりで取材はだいじょうぶなの？」

「無人になる小島を紹介するために、小中学校の先生と生徒に将来の話を聞く予定なんですよ。取材はあさっての昼まで、午後には漁船を呼んで帰るつもりでいます」

「そうか、船を呼ぶんならだいじょうぶね。とにかくここは黒瀬川のなかの離れ島だから」

「ああそれ、その黒瀬川って表現、いいですよね。八丈の資料見てたら出てきて、原稿に使えそうなんでメモしてあるんです。きれいだし、詩的でいいと思うな」

「詩的か。それだから都会の人はやっかいなんだよ。黒瀬川のどこが詩的なんだろう」

「あれ、きびしいな。まあ、はじめてこの島へきた者には詩のように響くんだから、そう頭ごなしに言わないでくださいよ。黒瀬川って、西から流れてくる黒潮のことでしょう。八丈へ飛んでくる途中の海に、空からはっきりわかる黒い部分があって、空港で聞いたらそれが黒潮で、光線や水温のぐあいによっては、ほんとに黒い川のように見えるときがあるんだそうですね」

「ほう、じっさいに黒い川を見たのね。とにかく流れの強い場所では海が大騒ぎしてて、ちいさな漁船なんか、木の葉みたいにもみくちゃにされるらしいわよ」

「そのことかあ。黒潮は流れの速い巨大な川みたいなものだから、帆掛け船のむかしには八丈までくるのにたいへん苦労した。だから、八丈育ちの美恵乃さんにしてみれば、軽がるしく詩的なんて言ってほしくない、って言うんですね」

「八丈がいかに遠い島か、それがわかってればいいわよ。渡ってくるにはあの急流を越えなきゃならない。流れの早い黒瀬川は、島の人たちにとっては越すに越せない現実だったんだから」

「帆掛け船の時代は、たしかにそうだったでしょうね。でも、川っていうのはどれも命のふるさとみたいに思えるんですよ。長良川育ちってこともあって、川のなかの命の豊かさについてはいろいろ見てきましたからね。じっさい黒潮にしたって、いろんな魚類やら豊富な栄養素を運んでくるじゃないですか。黒瀬川はこわいけど、やはり同じように命の川、命の水でもある」

「その点で異論はないよ。ともかく本土から三百キロ離れた八丈島の、そのまた付録のようにちいさなこの小島にも古くから人が住んでたってことだし、やはり命の糧をもらってるのはたしか。わたしたちも、それを求めて渡ってきたんだけどねえ」

「ここまできてはじめて、鳥も通わぬっていうくらい遠いってこと、わかった気がするな。飛行機でひょいと飛んできて、えらそうなことは言えませんけど」

「江戸から何か月もかかるいちばん遠い島、文字どおりの遠島でしょう」

「あまりに遠いから、女護が島なんて呼ばれるようになった」

「ええ。女護が島のほかに女人国、女子の郷とか、いろんな呼び名があってどれにも女が入ってる。八丈では黄八丈なんかの絹織り物作りが盛んで、織り物となれば女の仕事でしょ。女たちがていねいにちゃぷちゃぷ草木染めして、ころころ糸つむぎして、こつこつ織って布地にする。だからたいせつにされてきたのね。たいせつに思うあまり、男と同居させないようにしたこともあるんだって。男は憐れなもので、長男以外は間引きされたり、八丈をさらに南にさがった青ヶ島へ送られたりしたのにね」

「伝説じゃなくて、事実上の女護が島ってことですね」

「それにね、もともと八丈の女は色白で容姿端麗、こころ根もやさしいんだって。たしかに、雨が多くて湿気の多い風土で、女性の肌はとてもきれいよね」

「ははあ、言われてみるとそうかもしれないな。髪の毛も長くてちょっと古風な美しさっていうか、そう見える女性が多いような気がしますよ」

「椿油のおかげもあると思うんだけど、髪の毛の美しさはたしかに目立つわね。そういう女たちが、はるばる島へ流されてきた人たちにやさしく接してきたでしょう。伝説が生まれても当然だったんじゃないかな」

「女たちがいなかったら、この島の歴史はちがったものになってただろう、ってことですね」

「ええ。ほかには、食糧事情がよくなかったこともあるわね。お米がほとんど穫れない土地柄で、人口をあまり増やさないために男女別々に生活してみたり。でも言い伝えじゃ、ここまで流されてきた為朝《ためとも》が率先して島の女性といっしょに暮らして、子どもをつくったんだそうよ。おかげで堂々と男女いっしょに暮らせるようになって、為朝の名はいっそう高くなったんだって」

「へえー、為朝が女護が島伝説を裏づけたのか。なるほどな」

「遠い最果ての地だからこそ、外からきた人をなぐさめようとする島のあったかい気持ちに、為朝も感じたんでしょうね。じっさい、女たちが浜辺に自分のぞうりを置いて、取り上げてくれた男をなぐさめるっていう、いじらしい風習もあったようだし」

「新島の飛騨んじいの話は、そういう島の温かさを裏づけますね」

「そう。流人ていっても火つけ強盗ばかりじゃなくて、当時のインテリもいた。いくさや政争に敗れた武家、僧侶、百姓一揆で闘った飛騨んじいみたいな義民もね。そういう人たちはまさに生きてる文化、新しい文明の運び手よ。島の人たちが学ぶことはとても多かったと思うわ」

「そうですね、僻地だからこそ、流人たちの持ってきたものが文化として育ったんでしょうね」

「流人文化って言い方はさびしいけどね。僻地、離島、最果ての地、いろんな呼び方されながら耐えてきた島——そういうところで育って東京へ行ったわたしは、見方を変えれば、街へ流れていった流人だったのかもしれないな」

　自分の言葉にうなずきながら美恵乃さんはつづけた。

「そう、地の果てから極大都市へ出かけてった、ギャク流人ってとこかなあ」

「なるほど、逆流人か。東京へ流されていったって考えると、見え方がちがってきますね」

「東京が流刑地だとすると、世界がひっくり返るよね。わたしは東京へ流されて、ある日急に島抜けしてここへもどってきた、ってことだ」

　美恵乃さんは、思いつきで使った逆流人が気に入ったらしく、何度も口にした。ぼくはメモ用紙に「デンセツの逆流人」と書き込み、原稿のどこかで使おうと思った。

美恵乃さんはみずからを逆流人と名づけながら、東京でもっともつらかったのは、街なかや電車内でよく感じる、見知らぬ人たちの視線の凍るような冷たさだったという。島で経験した差別的な視線は、まだよかった。それらが自分の外見のめずらしさに向けられたものであると、はっきりわかっていたから。それに、相手が何者なのか、よく知っていたから。さらには、そういう視線の持ち主以外の島びとは、みな一様に温かい視線を送ってくれたから。

けれども東京では、こちらが死人ででもあるかのような冷たい視線や、感情をともなわない視線が行き交う。冷たいというより無関心、あるいは無視の目がすれちがう。知らない相手に対して、どうしてあれほど非情な視線を向けられるのだろうか。知らないなら知らない者どうしの目の合わせ方があるだろうに。――美恵乃さんには、まわりの人たちがみな敵のように見えはじめた。感情抜きの視線は、まるで死線であった。

「それでいつのまにか、人と目を合わせまいとする習慣が身についちゃったんだね。だって、どこにいてもまわりの視線が怖いんだから。劇研の演出団が、わたしを稀代の美女に仕立て上げようって騒いだことなんて、あの冷たい視線にくらべればかわいいもんだったな。とつぜん逃げ出したのも、劇団の方針がいやだったっていうより、まずは怖い東京から出たかったのね」

　ぼくは、美恵乃さんがひとことずつ言葉をたしかめながら話すのを聞いて、無意識のうちに首を縦にふっていた。

「こんなに人間でいっぱいの過密のなかにいると、気持ちがどんどん萎えてっちゃうのがわかるのね。わたしはこの街に合わない。そう思ったのは、こんなちっぽけなことが積み重なったからよ。だから、そうよね、あのときあいさつもなしに跳び出したこと、駆け落ちっていわれても仕方ないな。とにかくわたし、八丈から東京へ流れていった逆流人だったから」

「過密と過疎のあいだで漂う二〇世紀の逆流人、てとこですね。ぼくが育ったのは人口四〇万の街で、人がぶつかり合ったりするほど過密じゃない。だから、美恵乃さんが味わった東京のきつさについては、わかるような気がしますよ」

「あーごめん。わたしの思いつめ、話しちゃった。くだらないぐちばなしで、せっかくのいい時間を台なしにしちゃったみたいね」

「いえいえ、記事のヒントになりそうなこと、たくさん聞きましたから」

「いやあ、一〇年さかのぼって、溜まってたこといろいろ吐き出しちゃったわ。学生気分は悪くないけど、もどりすぎたような気もするね。ただし弁解すると、島にもどってきたからこそ、東京のことが客観的に見えるようになったのよ。わたしには原点みたいな場所だもの」

「原点の島か」

「島のまわりは魚影が濃くて、寒い季節には磯の岩海苔が採れて、ぜいたく言わなきゃ週一回の便船でなんとか生きていかれる。そんな素敵なとこなのに、移ってきて半年も経たないうちに全員離島が決まっちゃって。ままならないよねえ」

美恵乃さんにはめずらしい詠嘆調の語尾で、会話が止まった。沈黙のすき間へ、まわりの音がもどってくる。低い音域で、ドドドとからだに響いてくる潮騒の波動に気づく。きょうの海はおだやかなほうらしいが、それでも波動は空気の揺れとして、低く重く感じられる。たしか似たような経験が記憶のどこかに眠っている。かすかな音の記憶を手がかりに探っていくと、それは見つかった。増水して川幅を二倍にも三倍にもした長良川の呼び声である。

ぼくの家は川から歩いて数分の距離で、増水した川の発する重低音が、からだを揺らすように届くことがあった。潮騒は、怒った川と同じ響きであるという発見に、どきりとする。もしかしたら、からだ全体で聴くこの波動は、胎児だったころ羊水のなかで響いていた母親の心臓の音に似ているのかもしれない。

「潮騒って、からだの奥のほうまで響きますね」

「そう、わかる？　八丈小島はどこにいても海が見えるほどで、意識するしないにかかわらず潮騒が四六時中からだに響いてるのよね。海の鼓動のただなかで暮らしてるような感じ。でもね、これだって心地いいレベルからとつぜんすごい脅威になるの。台風やら冬の季節風の大西が吹くときには、もっともっとすごいんだ。島ごと飛ばされてしまうんじゃないかって思うほど風が吹きまくって、大きな波が島を水底へ突き落とさんばかりに駆け上がってきて、人間はもうちいさくなってるしかないのよ」

「この潮騒の振動って、水の波動なんですよね。同じ轟きを、長良川がすごく増水したときに受け取ることありますよ。からだが揺さぶられるような感じで」

「川の音はよく知らないけど、水がささやいたり吠えたりするんだね。でも、聴いてると気持ちが安らぐの。それに抱かれるだけで、どんなにほっとするか」

「川に潜ってもそんな感じになりますよ。抱かれてるような、気持ちいい眠りについたような」

「水って、生きものの母親だもの。小島には水道がなくて、雨水を貯めて使うんだけど、その水が意外においしいんだ。うしろの太平山の中腹にも湧き水があるの。海を渡ってくる湿気の多い空気が、山にぶつかって露を結ぶでしょう。それが雨になって湧き水になる。天からの授かりものよね。こんなちっぽけな島で、そういう大きな循環の恵みを受けるって幸せでしょう」

「ええ。そう言ってる美恵乃さん自身が、もう自然そのものですよ」

「そうだったらうれしいな。ちいさくて頼りないわたしに、この島と海がつねに大きなちからを注ぎ込んでくれるのね。残念ながら、東京にはそれがない。島へもどったのは、そういう時間が恋しかったからかもしれないわね」

ここでは、たしかに大きなものに抱かれているという実感がある。それがいいんだ、それが生きていることなんだから、と美恵乃さんは詩を読むように言葉をつむいでいく。

「自然が発する音は、音っていうより声なの。音だったらどっかへ流れてっちゃうけど、声には耳を傾ける。大きくてもちいさくても、声にはこっちの心が開いてくのよ。声ならどんなに激しくても大きくても、人にはやさしいしね。人類はじまって以来ずーっと聴いてきた声だから、うるさいとは感じない。でも東京では電車の音や道路工事の音がまじってて、そんな人工の音が耳ざわりだったわ。わたしがおちつかなかったのは、そのためもあったんだろうねえ」

「流人から逆流人への流人旅。美恵乃さんの旅はそういう旅だったんですよ」

「ふふふ、流人旅ね。その旅先で、もうひとつ驚いたのは、夜がないってこと」

「あー、それわかる。すごい明るいんだ」

「日が暮れてずいぶん経っても、まだ音と光がある。いつも何かしら音があるのは、だれかが何かしてるってことで、最初は共感もらうんだけど、そのうちに静かな暗闇がほしくなるのね。いつまでも光があるのは、闇がないってことでもあるでしょ」

「雲の低い夜なんかに、地上の光が反射して空が妙に明るくなったりしますよね。その明るさが真夜中を越えてずっとつづく。東京は寝ないんです。不眠症にかかってる、ほんとは眠いんだろうにね。でもこの島は睡眠時間が足りてるようです」

「島には地上の明かりがないから、闇が深くて、わたしもよく眠れるのよね」

「ぼくの田舎も九時すぎには明かりが消えて暗くなります。でも、それからが自分の時間」

「ここには、言わば正しい夜があるの。闇と静寂につつまれた古来の夜がね。風と海鳴りの大きい夜もあるけど、そんな場合も、そこには不思議なリズムがあって、つまり音楽みたいだから、抱かれてぐっすり眠ることができるんだわ」

「海は音楽堂、ですね」

「それに、島はちいさいけど、人間が生きてくにはじゅうぶんだってこともあるわ。何年か前、八丈の男友だちが、島の狭さをきらってカナダへ移住したのね。ところが彼、三年で島へ帰ってきちゃった。わけをたずねたら、あっちは広すぎるんだって。川へ釣りに行くにしろ山に登るにしろ、何時間も何日もかけて行かなきゃならない。あんなのは人間サイズじゃない、おれにはあんなに大きな世界は必要ない、って」

「おやおや、わざわざ広い土地へ出てったのに、こんどは人間サイズがいいだなんて」

「でもそうなんだな。人間ひとり、背丈は一メートル七〇センチ前後、体重は五〇キロから七〇キロ、生きてる平均時間でいえば六〇年から八〇年。せいぜいこんなもんでしょ。食べるものも動ける範囲も、だいたい計算できる。東京でも生きられるけど、小島でもじゅうぶんやっていけるってことね」

「闇をなくした街で生きるか、毎晩原初のころと同じ闇に包まれるこの島で生きるか」

「そうね。結果、わたしたちは闇を、この島を選んだの」

「美恵乃さん、巫女みたいだな」

「何、それ」

「このちいさな島で聴く美恵乃さんの話は、まるで神に仕える巫女のつぶやきみたいに感じられるって言いたかったんですよ」

「そんな。それじゃ、わたしはまるで新興宗教の教祖みたいでしょうが」

「いえいえ、あの学生時代の美恵乃さんとは別人みたいですよ」

「それは、この島でわたしがわたしを取り戻したからでしょうね」

「たしかに東京にいたときの美恵乃さんじゃない人が、ここにいると思うな。とくにゆうべの美恵乃さんは怖いほどの存在感でした。あの感じは、島の大きな闇をくぐって美恵乃さんらしさが戻ってきたからなんですね、きっとそうだ」

「ほーお、そりゃまたナイーヴな視点ね。まあ、東京の悪口ばかり言っててもせんないことだけど、わたしがいちばん奥底で感じてる安らぎとか、平和とかって気分は、大都会じゃなかなか味わえないような気がするものね」

「そう。ここにきてそれがわかったような気がしますよ。学生時代の言葉で言えば、感覚が肉体化した、ってやつかな」

ぼくは美恵乃さんが神々しく見えたとは口に出せず、照れ隠しにそう言った。

＊

その夜、美恵乃さんが話を中断して外へ出ようと提案した。昼間に強い風が吹いていたせいか空気は澄み切って、夜空の色はいっそう濃い藍色に染められ、そのなかで驚くほどたくさんの星がまたたいていた。この島では、夜の闇がすばらしいのである。

「すごいな。ここには美恵乃さんの言い方を借りれば、正しい夜空がありますね」
また、この大きな夜の下にいる。ゆうべは初対面でまぶしかったが、二日目は夜の大きさに驚いた。東西南北どの方向に視線を向けても、夜空が半球形に広がっている。ぼくという存在は、夜空の下のごく微細な一点に縮まり、そのぶん夜空がいままで見たことがないほど大きくなる。真上には、底知れない半球の見えない中心がある。その丸いカンバスのなかで、二本のひときわ明るい星の帯が堤防のようにくねくねとうねり、帯のあいだの星のすくない黒い部分が川のように見える。

その長大な天の川銀河を見上げながら、川の流れの中央にあるはずの星と、二本の堤防を越えたあたりに位置するはずの、ふたつの明るい星を探す。暗い川の中央に光るのが白鳥座のデネブ、そこから右方向へ行った堤防下に光るのが鷲座のアルタイル、対岸の堤防を越え、やや離れてもっとも明るい光を放つのが琴座のベガである。デネブとアルタイルを結ぶ直線を底辺とし、ベガを頂点としたこの三つの星たちは、古くから人びとの視線を夏の夜空へ誘ってきた。

はじめて夜空の三角形のことを教えてくれたのは、小学校の石岡イネ先生である。四年生の夏休みのひと夜、先生はクラスのみなを金華山の見える校庭に集めて星の観望会を開いてくれた。ぼくたちの頭上には知らない夜空があった。

校庭の二宮金次郎の石像がシルエットになるころ、宮沢賢治が好きなイネ先生はまず『銀河鉄道の夜』からはじめた。『オツベルと象』や『月夜のでんしんばしら』などの短い賢治童話は国語の授業で読んできたけれど、この不思議な長編童話に接するのは、はじめてだった。

「このお話はね、ほんとはまだ完成しとらんらしいのよ。本になったあとで原稿が出てきたりして、賢治さんはもっと書き直したかったんでしょうね。そういうことやから、わかりにくい部分もあります。でもむずかしかったら、こうやないか、ああかもしれんて想像して、お話をふくらましてください。それでおもしろい想像ができたと思ったら、先生に聞かせてね」

導かれるままにぼくたちは耳と目を大きくした。出だしはこんなふうに書いてありますよ、と前置きして先生はゆっくり読みはじめた。

「デハ、ミナサンハ、ソウイウフウニ川ダト云ワレタリ、乳ノ流レタアトダト云ワレタリシテイタ、コノボンヤリト白イモノガホントウハ何カ、ゴ承知デスカ」

本を閉じながら先生はみなを見渡した。

「川に見えたり、乳が流れたように見えたり、って賢治さんは書いていますね。ほら、あれのことを」

先生の右手が夜空に向かって高く上がった。

「みなさんは、ジョバンニやカムパネルラになって、お話のなかへ進んでいきましょう」

家を出たまま帰ってこない父と、病気がちの母をもつ主人公のジョバンニ、その友だちのカムパネルラは、軽便鉄道に乗って銀河ステーションから天の川の旅に出る――。

軽便鉄道という言葉の響きには聞き覚えがあった。小学校に近い長良北町から七キロほど北東の終着駅まで、ちいさなチンチン電車が走っていたと父が話していた。終着駅からさらに北へ行った山ふところに母の里があり、親たちはそこへ行くのに電車を利用したという。路線名は長良軽便鉄道で、大正のはじめころに開通したそうだ。あの観望会の夜、銀河ステーションを想像して目を閉じると、見たこともないその軽便鉄道が、何十輌連結かの長い編成で金華山の稜線を登り、天の川に達する絵が浮かんできた。それは、ぼくの銀河鉄道になった。

イネ先生がつぎに用意していたのは七夕の物語である。鷲座のアルタイルは彦星、琴座のベガは織姫で、ふたりは天の川をはさんで永遠に会えない仲だと教えられた。聞きながら空を見ているうちに、金華山の上を斜めに横切る天の川がはっきりしたかたちになって判別できるようになった。同時に、それまでわかりにくかった三つの星がくっきり見えてきた。けれどもひとつだけ気がかりがあった。それは、これほどまで輝いているのに、なぜ星たちはこんなに悲しくさびしい物語を背負わねばならないのか、ということである。

当時わが家は、長良橋の北詰を西へ行ったあたり、織田信長所縁の崇福寺の近くに引っ越していた。冬の夜などには、南へ数キロ下がった国鉄岐阜駅から遠い列車の汽笛が聞こえてきた。汽笛が聞こえるたびに耳が反応し、ちいさいころよく見た大きな蒸気機関車に会いたくなって、何度も岐阜駅まで出かけた。ところが、行くたびに機関車も汽笛もますます悲しみを強調するばかりで、ぼくはため息をつくしかなかった。機関車の吐くちからづよい蒸気音が、ポーではなく、ヒーという悲しい叫び声のように聞こえる。ぼくが賢治の物語を敬遠するようになったのは、そんなに大きな悲しみとつき合うのは、とてもむりだとわかったからなのかもしれない――。

八丈小島の上に広がる夜空は、記憶の奥にかくれていた夏の大三角を思い出させてくれた。それだけでなく、賢治が銀河鉄道の童話に込めたのは、母性への遠い憧憬のようなものではないだろうかと、自分なりの理解も進むようになっていた。小学校の校庭で行なわれたあの観望会からほぼ二〇年、このちいさな島で、星たちの悲しみを避けてきたのはいかに幼い行為であったか、もっとしっかり銀河鉄道を読んでおけばよかったと気づかされた。

「久しぶりだなあ、こんなにきれいな天の川に対面するなんて」

あの夏の夜を思い返しながら言った。

「アなんか、晴れたら毎晩だって会えるよ」

美恵乃さんは得意げに言って、両腕を空に向けて大きく広げた。何千年も前の時代の、見えないものと会話できる巫女は、きっとこんな仕草で星に言葉をかけたことだろう。

女の仲間に男がひとり

八丈の取材を終えて東京にもどり、はじめて活字になる原稿をまとめる作業にかかった。材料がたっぷりあっておもしろい原稿が書けそうだったけれど、多すぎてどこに的を絞ればいいのかわからない。最初の一行で、読者の興味をかき立てるにはどうすればいいのだろう。

とりあえず、第一稿はこんなふうにはじめた。

伊豆半島に近い大島をはじめとし、太平洋を点々と南へつなげていく伊豆諸島。その最南端、諸島の深奥に位置する八丈島の、西方約七キロのところに八丈小島はある。かつては鳥も通わぬといわれたほど遠い島であった八丈へ、今では飛行機で羽田から一時間。しかし、八丈小島はそこから週一回くるかこないかの定期船を待つ、さびしいひとりぼっちの島である――。

原稿をチェックしてもらうために、企画者の久子さんと編集長の神田さんに相談する。

「うーん、固いね。深奥なんて言葉は気どりすぎでえらそうだし、やめたほうがいいな」

神田さんは原稿を読むなり言った。

「それに、こんなふうに俯瞰的にはじめるより、ほら、話してたじゃない、上陸するときにすべって転んで笑われたって。あそこから書いたらどう？　そのほうがやわらかくなると思うよ」

「はあ、やっぱりそうですか。読んでみたらゼミのレポートみたいで、これじゃ読み手にそっぽ向かれそうで悩んでたんですけどね」

「だれもがイメージしやすい場面からはじめるほうがいいよ。とくに失敗談は共感呼ぶもんだから、まず上陸のことから書いてみて。本文の中心は、彼女が海女をあきらめて、つぎ何をはじめるのか。そこがまだ見えてないんでしょう。ちょっと不安ね」

首をかしげた神田さんに、久子さんが言い返した。

「ここも、迷ってるそのままを書いたらいいんじゃない。いずれにせよ、そんなに仕事の選択肢は多くない。旦那さんは漁師になるでしょう。美恵乃さんは、漁を手伝うつもりだったらしいけど、マッチャンが八丈から帰ってきた日に妊娠がわかって来年春には出産と矢つぎばや、何年かは子育て中心になるね。そこんとこは彼女の新しい覚悟を披露してもらおうよ」

「それなら、もうじっくり聞いてあるんで書けますよ」

「よし。それから、最近は漁師のなり手がいないようだから彼は貴重な存在よね。あえて一次産業の肉体労働に挑戦する男、ってことを意識してまとめてほしいな」

「ぼくも、帰りに八丈でご主人のコウスケさんに会って聞いたんだけど、赤んぼうが生まれたら、メオト船で海に出るつもりだっていうんですよ。船の揺れはちょうど揺りかごと同じで、赤んぼうがよく寝るんですって」

「へっへー、子連れ漁師か。なんか演歌みたいだね。だいじょうぶかな」

念を押す神田さんに久子さんが答えた。

「いや、ノスタルジックでいいじゃないですか。美恵乃さんの表情もエキゾチック、演歌にはならないでしょう。あえて言えばロシアンフォークかな」

「まあ、あとはふたりでよく練ってよ。カタカナ名の女性誌らしく、ね」

「じゃあ美恵乃さんのこと、漁師の女房じゃなくてフィッシャーマンズワイフって書きます」

「ほ、だじゃれで行くか。やりすぎないようにしてよ。ところでヒサコ、美恵乃さんて人の歩いてきた道がおもしろそうね。女とはいったいなんだ、って大上段の企画になると思わない？　彼女をまな板に乗せて、女が生きるとは、なんて正攻法でまとめたらどうだろうか。美人なのに、その評価をずっと拒否しつづけてきたってあたり、ずいぶん屈折してるけど逆に説得力あるわよね。これ、別企画としてなんとかならないかな」

「そうそう、わたしも思ってた。いろいろ考えてきた人みたいだから、何かやれそうよ。たとえば、交換日記みたいにマッチャンと彼女が一冊のノートに書いてくの。テーマは学生っぽくて構わないわよ。彼女独特の美意識のこと、東京の過密と小島の過疎の問題、逆流人っていう問いかけ、差別から演劇論まで、いろいろと拾えそうよ。女護が島伝説や流人文化のことにしても、地域と中央って視点から迫れば、けっこう掘り下げることできそうだし」

「ヒサコ、それおもしろい。交換日記ってオブラートに包んで、ハードなテーマについても交互に書いていく。マッチャンはつねに質問してく役どころで、美恵乃さんのまっすぐな考え方を引き出していく。どう、こんな教養講座的プラン、いい読み物になりそうね。ふたりともまだ学生気分残ってそうでしょ。かまわずそれ前面に出していいからさ」

「ええ、それは楽しそうですけど、美恵乃さんに取材した部分じゃなくて、いわば無駄ばなしのほうを記事にしろってことだからなあ。問わずがたりでのんびりしゃべったことを文字にするのは、意外にむずかしいと思うんですよ」

　思わぬ展開に戸惑っていると、神田さんがデスクにあったノートを持ち上げて言った。

「いーえ、だいじょうぶ。たとえばこんなノートを想像してみてよ。これがふたりのあいだを往復する交換日記。取材記事だとある程度かしこまる必要があるけど、日記なんだから気楽に考えて。しゃべったこと、声言葉がそのまま文字になってもかまわない。むしろ、そんなふうにくだけたほうがなまの人間らしさが出て、親しみやすいと思うよ」

吉田さんが、神田さんの尻馬に乗ってきた。

「いいいい、往復書簡じゃあちょっと固いから交換日記で。やろう、マッチャン。すぐに連絡してさ、取材とは別の企画を考えたからって美恵乃さん焚きつけてよ。カルチャースクールの雑誌版で、サムデイ誌上教養講座、または島からの贈りもの」

「へえ、ふたりにそそのかされて、女学生調の交換日記やりなさいって言われてるみたいだな」

「そうかい。じゃあ、もっとはっきり言うけどね、きみたち男族はだよ、だれかにそそのかされて、おだてられて何かやるくらいでちょうどいいの。とくにこの編集部では、ね。だいたいにおいて、すぐ競い合ったり、けんかしたり、何かこわしたり、ろくなことできないのが男のサガなんだから。ね、ヒサコ」

「ほんとほんと。だからさ、女の雑誌の編集部にいることって、マッチャンにとっては男磨きのいいチャンス、僥倖って思わなきゃ」

「男磨きっていうか、つまりそれは人間磨き、ってことなんだよ」

きつい言葉だったけれど、そうかもしれない。ぼくは拝むようにふたりに手を合わせた。女性編集者が三分の二を占める編集部で働けるのはありがたいことだと、この際すなおに認めよう。

「いや、わかります。ついでに恥さらしするとですね、じつはちいさいころ、花の好きな女の子がいて、その影響でぼくも花好きになったんです。はじめは、かたくりの花でした。鵜飼漁の舞台背景になる山の中腹あたり、信長のころの古戦場に咲いてて、さむらいの生まれ代わりみたいに見えるのが不思議だったな。でも率直に言っちゃえば、花の向こうに女子がいるから花が好きになった、っていうのがほんとのところ。つまり、動機はたいへん不純でスケベだったんですよ。高校時代、藤の花が好きな女子とデートしたときも、花より女子で、不純のかたまりで」

神田さんが即座に反応して、意外な話をはじめた。

「ははは、スケベとはよく言ったね。でもいいんだよ、それで。女子にもおんなじような傾向があってさ、わたしはかってにミラー効果って呼んでるんだけど、鏡見てて、きょうはいい表情してるな、って思ってピントをずらすと、その向こうに好いたらしい男子の顔が浮かんでくるの。妄想よ。でも、わたしのいい表情は、彼のおかげなのよ。ほら、鏡って、自分の顔を見てるときには、うしろにだれかがいてもピントが合わなくてぼけるでしょう。あれよ。自分がほんとうに見たいものは、うしろでぼけてる何かである、っていうミラーの真実。マッチャンも、花の向こうにぼやけて見える女子がほんとに好きな相手だった、ってことさ」

久子さんが豪快に笑った。

「はっはっは、じゃあ神田さんのうしろに立ってる男子、ひょっとしてご主人以外の人かな」

「ノーノー、ちがうよ。もう二〇年も前のあおーいころのこと。ヒサコはそんなミラー効果、感じたことないの」

「わたしなんか、どこにピント合わせたらいいのか、いまだにわかんない。ずっとこんなふうにぼやけたまんまで行くんかなあ。マッチャンが花の向こうに女子を見るごとく、不純でもなんでも、異性が寄ってきたらかぶりつくんだけどねえ、ひひっ」

「とにかく、鏡のなかの自分じゃなくて、そのうしろでぼんやりかすんでる男子をしっかり見なきゃだめよ。フラワーチルドレンなんて世代が出てきてるんだから、いまや歴史的にも男女の距離はうんと近づいてる。動機はなんであれ、花が好きな男が増えるのはいいことさ。それだけでも、世界がどれだけ平和になることやら」

「ああ、同じようなこと言った女子の先輩がいますよ。花と戦争を同じ高みに置いてみなさい、そうすれば花がいかに美しいか、争いがいかにつまらないものかよーくわかるって。彼女、女優志願でいま東京の俳優養成所に通ってます」

「おやあ、美恵乃さんだけじゃないのか。そんな知り合いまでいて、女たらしめ」

「ちがいますよ。スケベはいいけど、女たらしはお返しします。俳優養成所を卒業した先輩、劇団民藝に入って、いまや二四時間演技のことばかり考えてる。男っ気なんてかすりもしない」

女たらしと言った神田さんが、両手を上げてぼくの勢いを制した。

「よし、わかったわかった。ともかく、女性をだいじにするのはいいけど、媚びたりはしないでね。媚びは、かならず卑しい仮面つけてるからすぐばれちゃうよ。交換日記の企画も、きみのリベラルと、ちょっぴりスケベの味つけして、よろしくね」

「スケベの味つけ。へへへ、望むところです」

話しているうちに交換日記についてはいよいよ楽しみになってきた。ただし、美恵乃さんに断わられたら、この企画は実現しない。八丈まで行ってじかに頼むわけではないし、はたして電話だけで彼女を説得できるだろうか。

ぼくは、イヤシイ仮面はまずいぞと考えながら、姉御ふたりに深々と頭を下げた。そして、第一回のライフノートの書き出しについては、アドバイスどおりこんなふうに訂正した。

絶海の孤島、八丈小島には港がない。島に上陸したければ、一週に一度の定期船に乗って島の低い岩壁に近づき、舳先に立って波の上下するタイミングを見計らって、エイヤッと跳び移るしかない。記者は、運悪くやや高い波がきた瞬間に跳んだので、島の岩場に大きく尻もちをついてしまった。定期船を待っていた島の人たちはドキリとしたようだが、ひとりの女性が大声で笑ったおかげで、その場の雰囲気がふわっとなごんだ。大笑いで迎えてくれたのは、海女になろうとして小島に移り住んだ今回のヒロイン、菊池美恵乃さん、三〇歳である――。

尻もち上陸したことをマクラにしたせいで、あとは迷わず気軽に書き進めることができた。漁師の女房として、いずれは海女として、八丈の豊かな海の幸で生計を立てていこうとしているひとりの女性の、古風で新鮮な未来図を中心に置く。最後には、ヒロインが来年の春には出産すること、生まれた子は夫婦で乗る漁船を揺りかごにして育てるつもりであることも書き加えた。

記事のサブタイトルは「フィッシャーマンズワイフの夢を追って」とカナ混じりにした。久子さんは「だじゃれ好きめ」とにらんだけれど、気に入っていた。原稿を仕上げて久子さんに渡した翌日、ぼくは書いた内容の報告がてら八丈の美恵乃さんに電話を入れた。

「それでもって、わたしのあんなとりとめのない話で記事はなんとかなったの？」

「もちろん。書き終わったので、あとはこの企画を考えた先輩と編集長が原稿チェックして、印刷所に渡して、来月はじめには全国の書店で発売です」

「ほおー、いよいよね。どんな記事になってるかなあ。久しぶりに自分さらけ出していろんなことしゃべったけど、いまはもう他人事みたいで不安より楽しみのほうが大きいわね」

「見本ができたらすぐ送ります。うまくすれば書店で買うより早く読んでもらえるかもしれないんで。感想を聞かせてくださいよ、遠慮せずに」

「わたしから出たものがマッチャンを通して文字になって、ほかの人のチェックも入ったんでしょう。編集部の共同作業で、どんな記事ができたんだろう。舞台作りとおんなじよね」

「ええ。みんなでまとめたんだけど、読者の反応がわかるまでは緊張しますよ」

「そうか。きみでもわたしでもなく、最終判断は読者がするんだね」

「買ってくれた読者がいちばん怖いです。ところできょう電話したのは、別件なんですけど」

「ああ、編集長の神田さんて人からていねいな手紙もらったけど、あれね」

「はい、用件はもう伝わってますね」

「あれまあ、って思ったよ。なあにマッチャン、わたしと話したこと、雑談やら脱線まで含めてぜんぶ話しちゃったみたいだね」

「いいえ、みんなが興味しんしんだった人が、じつはこうだったって伝えただけですよ。そしたら勢いあまって、この人おもしろいね、何かやってもらおうよ、ってことになっちゃった」

「編集長の手紙には、勢いあまって、なんて書いてなかったぞ」

「そうでしょうとも。チョウなんだから礼儀は尽くす」

「内容については、マッチャンがリードしていくので何分よろしく、ですってよ」

「はい。島からの贈りものっていう連載企画で、読者の反応も見ながら進めますんで」

「交換日記風に、ってあったけど、あなたが聞き手、わたしは話し手って思えばいいのよね」

「ええ。いくつかテーマをまとめておきますから、話しやすいことからはじめてもらいましょうか。もうひとつ、記事とは別に、例の流人の歴史にも興味あるんで、お忘れなく」

「もちろん。島の歴史については、こっちでもできるだけ調べて、きちんと書くね」

美恵乃さんもおもしろがっているようで、希望どおりのシリーズがはじめられそうだ。ぼくはあらためて、「こちらこそ。いい仕事になりそうです、逆流人さん」と伝えて電話を切った。

海を渡るノート

交換日記は美恵乃さんの出自の記録にはじまって、差別のこと、表徴のことなど、俗から抽象の世界まで行ったりきたりしながら、黒瀬川をはさんで何十回もつづいた。とくに後半、島や流人の歴史に関する話が増えたのは、一冊のノートが数百年前と同じように海を越えて行ったりきたりしているという遠い感傷に、ふたりして浸るようになったからだろう。

＊

マッチャン。このあいだは海路（空路も入れて）はるばると八丈小島まで、ご苦労様でした。編集長の手紙とあなたの電話で頼まれた交換日記のプランのこと、私にとってもいい刺激になりそうで楽しみなんだけど、素人だから引っぱってもらう必要があります。どうぞよろしく。

じつは、あなたから突然雑誌の取材という連絡をもらって、はじめはどう対処していいかわからないままでした。でも、話しているうちに思いがけなく私自身の心の内が整理されて、取材を受けてよかったと思っています。きちんと予定の取材ができたのか不安ですが、あの三日間で、コーチャン（連れ合いの康佑をこう呼んでいるので）との将来図がはっきり見えてきました。それだけでも来てくれたことに感謝です。

あのあと電話をもらって、私たち夫婦の今後についてはお話ししたとおり、すぐ海に出るのではなく、まずはトビウオのくさや工場を手伝いながら、準備をすることになっています。クサヤ、わかるよね。魚醬や魚の内臓などを発酵させたタレ（これがとても臭い！）にトビウオやアジを漬け込んで干したクサヤ。古くから伝わっている伝統食品。一度食べて味をしめたらまた食べたくなる発酵保存食品で、伊豆諸島の名物ですね。小島で海苔採りをするより収入はすくなくなるけど、確実な働き口です。

雑誌の企画「三〇歳のライフノート」の第一回目に私が登場することについては、もしかしたら自分がこれまで生きてきたこと、これからやろうとしていることの端くれが何かのお役に立つかもしれないと、楽しみになっています。（大学時代のことと、私が悩んだ差別感覚のことは、デリケートな部分も多いので触れないようにする、という約束だけ守ってもらえたら充分です。）

今年の長期予報では、台風がたくさん発生するようです。小島で、ものすごい風波を浴びて、ただひれ伏すように台風が過ぎるのを待っていた日を思い出すと、八丈に戻ったことは大きな船に乗り換えたようで、とても安心です。いま子どもを宿した私のなかで、自然の息吹きを感じていたい自分と、これまでになく安全安心を求める自分が闘っています。これ、新しい感覚です。

マッチャンとの交換日記のこと、なんだか照れるな。内容的には、私が素人として、雑誌の読者代表としてあなたの質問に答えていけばいいんですよね。

参考までに、先日話したことでいちばん書き留めておきたい部分を少し――。

読者の関心がどこにあるか、私にはよくわかりません。活字にできそうな部分があれば、そちらで適当に選んでくださるように。

まずはサルトルから。あの話については、ちょっと反省しています。ずいぶん偉そうに話したような気がして、あれでよかったのかな、と。私の理解の仕方がまちがっていたかもしれない、私が勝手に、サルトルを自分の方へねじ曲げて解釈していたのかもしれない。断定的に「本質なんて存在しない」と言い切ったけど、もし記事にするのなら、もう一度ちゃんと読んで一〇年前の記憶を洗い直さなくちゃいけないと思います。でも、私のなかでは「すべての表出は本質の小さなひとつひとつなんだ」という理解が大黒柱のように居すわっていて、それを支えに生きてきたから、多少解釈が間違っていたとしても簡単には動かせません。

こんなわけでやや混乱状態。もう少しはっきりするまでサルトルは封印しておきたいので、どうかお許しを。時代もかなり変わってきたし、もう一度読み直したいと思います。（ごめんね。やはり公けに活字になるかもしれないってなると、私も緊張するんだよ。へへへ。）

つぎにこの島のことについて。私の生まれ故郷、八丈は不思議な島です。昔から流刑地として多くの流人を受け入れてきた歴史があり、きれいな人が多くて女護が島と呼ばれたり、黄八丈という名高い草木染めの絹織物を織ったり、古い母系社会の伝統が残っていたり。

お話ししたように、島には自分のことをア（吾）といい、あなたをナ（汝）と言ったりする人がいます。私もそのひとりですが、こういう言葉も、四百年前から流人を預かり、共に暮らしてきたこの島の歴史のなかで純粋培養されてきたものだと思います。

マッチャンも地域の言葉、方言にはこだわっていましたよね。劇研の『秩父困民党』でも、あなたのふるさとの劇団による『郡上一揆』の舞台でも、方言が登場人物に命を与え、生き生きとさせたことでしょう。古い言葉や方言が、人間の表現力に血を通わせるのはいうまでもありません。さらにこの島の独特なところは、言葉だけでなく、独自の進化を遂げて他にない貴重な種になった植物や虫、魚や鳥などが多いことです。八丈や伊豆諸島でしか見られない動植物として、ハチジョウクサイチゴという名の苺、ハチジョウコクワガタという名のくわがた虫、ユウゼンという名のちょうちょう魚、アカコッコという名の鳥などがあげられます。近所で聞いて回っただけでも、こんなに出てきましたよ。

島という閉じられた土地で生まれ育った特異な部分は、私のなかにも宿っているようです。長いこと「自分は何者か」という問いの答えを探しつづけてきて、島の歴史にいよいよ関心が高まっています。ひょっとすると私も、八丈という土地で育った新しいシュなのかもしれません。それも変わりダネ、キクチミエノという青い目の新種！

島に生まれ島で育ち、と書けば何か孤立した場所で大きくなったように思われがちですが、そもそも人が育つのに、それほど広い土地は必要じゃないでしょう。マッチャンも言っていましたね。「長良川と山にかこまれた数キロ四方が子どものころの全宇宙だった」って。それだけあれば充分です。私の流刑地だった広大な東京（実は八丈も新島も東京都！）には山手線や地下鉄があって自由に動けるんだけど、人が育つにはせいぜい町内規模で充分。つまり、ひとはだれも自分自身の島で大きくなる、とは言えませんか？　そうそう、カナダへ移住したけど、広すぎるというんで島へ帰ってきてしまった人の話をしましたね。あれも同じ例です。

あなたとイメージを共有できる困民党の秩父、宝暦騒動の郡上、大原騒動の飛騨を、私のいる八丈と同様に、島としてとらえ直してみてください。緑の森に抱かれた山里と、青い潮騒にかこまれる島というちがいこそありますが、どっちも、人が生きるのに充分な場所です。

長い前置きでしたが、今日はまず八丈島に渡ってきた流人第一号のことから――。

最初の流人は、豊臣家大老の宇喜多秀家。関ケ原の戦いで西軍に加わって破れ、一時は伊吹山に隠れたり薩摩に逃げたりしながら、ついに慶長一一年（一六〇六）、三五歳で八丈へ流されました。流人とはいえ豊臣五大老のひとりとあって、一行は全部で一三人、なかにはふたりの子どもとその乳母もまじっていたそうです。秀家以降、明治四年までの二六〇年ほどの間に流刑で島へきた罪人は一九〇〇人近くになります。最初に流されてきた秀家が象徴的に示すとおり、罪人とはいえ武家やその家臣、僧侶など当時の知識層もたくさんまじっていて、彼らは島に新しい知識や文化をもたらす使節の役割を果たすのです。

一方、飛騨んじいこと上木屋甚兵衛が、明和騒動を率いた罪で新島へ流されたのは、安永四年（一七七五）でした。六二歳で島送りになった甚兵衛は、子どもたちに文字を教えたり、大人には詩歌を詠む楽しさを伝えたりして島の生活に溶け込み、島びとにも慕われて飛騨の爺、飛騨んじいと呼ばれるようになります。

けれども在島一五年ほどで重い病気を患いました。飛騨白川郷の家で知らせを聞いた息子の勘左は願い出て新島へ渡り、父甚兵衛の看護役を引き受けます。父の死後、墓を守る自分の座像を彫るために一年間島に残りますが、一〇年ほどの在島期間中に、彼は伊豆の島々を旅して回り、その記録を「豆州七島細覧記」という書物にまとめました。この書物は、当時の伊豆諸島を知るための貴重な資料として高く評価されています。

勘左の残した書物は、その他にも「安永水滸傳」「天明水滸傳」などの戯作があり、「安永水滸傳」については、一揆を支えた父甚兵衛の側から見た長編物語にするつもりだったようです。ただし、一揆に荷担したのは一時的にせよ幕府を敵に回したということでもあります。事実をそのまま書いたのでは、幕府に楯突く姿勢が丸見えになってしまうでしょう。島入りしたい、という勘左の希望を叶えてくれたのもお上であり、あまり事を荒立てるのは得策ではありません。そこで登場人物の名を変えたり、誇張や言い換えを使って戯れごとにする、戯作にするという方法を選んだのではないかと思います。

注目の飛騨高山の郡代、大原亀五郎が八丈へ流されてきたのは寛政二年（一七九〇）でした。彼はかなり強欲な人物だったようですが、その長男陶太郎は、父が遠島になった一二年後の享和二年（一八〇二）に、一四歳で八丈に渡ってきます。父を慕って来島したところは、新島で父が病にふせったと聞いて、島へ行く決意をした勘左に似ていますよね。

陶太郎は、親の面倒をみただけでなく「八丈誌」という題名の貴重な記録を残していて、これにも興味をそそられます。新島の勘左によく似た運命をたどり、同じように島に関する著書を残していることも、どこか因縁めいた符合だと思いませんか。

私のことになりますが、父は、ちいさな私が、普通の日本人とどこかちがうといっていじめられているのを見てきました。でも私は、わざわざ狭い島に連れてこられたことをありがたいと思うどころか、余計なことをしたとさえ感じていて、勘左のように親を案じる気持ちはこれっぽっちもありませんでした。

父は、私が大学に入った年に肺がんでなくなりました。母ひとり子ひとりになって、ふたりで悲しみましたが、私には秩父困民党の舞台監督という大切な役目があり、葬式の涙も乾かないうちに東京へ戻って芝居に打ち込みました。いまふり返ってみれば、もっと父のことを思うべきだったとちょっぴり後悔もしています。

母は私が大学に入ってから、仕送りのために、昼間は漁業組合の経理事務を手伝い、夜は細々とですが、八丈紬に使う絹糸の糸繰り仕事をはじめました。私も、ひそかに(劇研には秘密にして)夜のアルバイトに出るようになりました。港区の新橋にあるスターダストという大きなキャバレーで、週二回、終電前三時間のホステスの仕事です。百人を超えるホステスが、一五〇坪もあるフロアーで飲んだり踊ったりして働く職場でした。

当時、勤め帰りの男を相手にするこんな店が増えていて、新橋周辺だけで四か所、働く女の数は五百人にも及んだそうで、私もその一人になったのです。言い寄ってくる危険そうな客もいましたが、「じつは結婚してるんです」と言えば、何とか切り抜けることができました。そんな時代でした。店の一角で愛想よくしていれば、一時間二千円近い高額手当が支給される。それが私の商品価値だと割り切り、劇研で創造活動をやっていることを気持ちの支えに通いました。

劇研で芝居作りするのが理想を追いかける夢時間だとすれば、新橋は、男と女のぎりぎりのせめぎ合いのはざまで金銭を稼ぐ、現実世界でした。でも私にとって、人間くさくて飾り気のないこの世界はたいせつなものでした。山手線の車内で感じる冷酷な視線や過密のつらさにくらべれば、この職場の空気は私にとっては思いのほか温かく、心癒される安心感があったのです。

一八歳ではじめて観た舞台『欲望という名の電車』の主人公、自由奔放な女主人公ブランチの実物が、店にはたくさんいました。彼女たちはじつに率直で、自由とか自己主張の意味をからだで理解し、表現しています。それに比べて、私は論理やら字づらでしか世界を理解していないことがわかって、恥ずかしいほどでした。ホステスのひとりひとりがドラマの主人公のようで、私はそんな実例を観察しながらどれだけ勉強し、感動したことか――。

第一回目は、思いつくままあまり脈絡のない報告になりました。細かいところは電話で話したい気もしますが、日記風ということだから、できるだけ文章でがんばります。

島の初夏はにぎやかです。浜昼顔が、海の近くの平らな土地一面に咲いています。低い位置に薄紫の花をつける控え目なところが好きです。小島でも浜昼顔が海に向かって咲き誇っていることでしょう。見る人がいなくなった今も、きっと。小島で咲く浜昼顔は、学校のちいさな校庭から見るとちょうど海へ流れていく川みたいで、八丈本島より景色に溶け込んでいるのですよ。それから、あちこちの家の庭で、ブーゲンビリアが弾けるような花芽をつけています。本土にくらべて一か月以上は早いでしょうね。

ところで赤ん坊は順調に育っていて、五か月目。新しい生命が宿って何か身体に変化があったせいか、花が育つのを見るだけで胸がつまるほどの感動を覚えます。こんなことは生まれてはじめてです。では、返事を楽しみにしています。以上、逆流人美恵乃のレポートでした。

＊

ぼくは、第一信の終わりあたり、花のことを書き添えてある部分を読み返した。何げなく季節のあいさつのように書いてあるけれど、またしても花について教えられ、花の向こうに美恵乃さんの姿を見ている自分に気づいて苦笑した。一度、花の向こうに女子を見る女たらし、と揶揄されたことがある。あれは言いがかりだったとしても、女子と仕事をする喜びについては否定のしようがない。

気ごころの知れた女子と共同作業をすれば、しぜんに興奮と喜びが湧き出てくる。それは男なら、だれしも理解できることだろう。あらためて、ノートの向こう側にいる美恵乃さんには感謝しなければ――。

＊

美恵乃さん。クサヤの干物作りはもうはじまっていますか。第一信いただきました。美恵乃さんの人生観を通して、女が生きていくことの意味を問うシリーズ企画のスタートは「田舎暮らしと街暮らしのはざま」で行きたいと思います。内容的には、美恵乃さんが東京で感じたという過密と、島の過疎について整理するつもりです。

それから、八丈へ流された飛騨の大原郡代とその息子陶太郎の話、読みました。驚きですね。新島の飛騨んじいにとてもよく似ています。こちらで調べたところも少し。

まず百姓衆を率いた飛騨んじい、上木屋甚兵衛は安永四年（一七七五）に新島へ流されています。その一五年後の寛政二年（一七九〇）、郡代の大原亀五郎が三三歳で八丈島へ。翌年の寛政三年には、甚兵衛の息子勘左衛門がみずから願い出て新島に渡っています。その年、勘左四二歳。

ここで注目したいのは、大原郡代が八丈へ流された翌年に、父の看病を願い出た勘左が新島へ渡っているという偶然です。

当時、伊豆諸島へ行くことは長期にわたる命がけの冒険でした。船の便も多くはなく、海の荒れようによっては途中で漂流したり行方不明になったりもしたそうです。そこで気づいたのですが、大原郡代と勘左は、もしかすると同じ船に乗り合わせたのではないか、ということ。大原は流人、勘左は一般の船客ですから、隔離されていて会うことはなかったかもしれませんが、同じ船だった可能性は充分あるのです。（ここ、もっと調べたいと思っています。）

今、ぼくを取り巻くのと同じ山川を見て育った、これら江戸期の流人や百姓、義民と呼ばれる同郷人が、時空を超えて自分とつながっているのを感じています。哲学するミエノさんは、いかがお考えですか?

＊

哲学する、と言われるのは照れくさいけど、交換日記のおかげで近ごろあれこれとよく考えるようになったと思います。

八丈島は流人文化で磨きをかけられてきた島であること、調べていくうちにますます強く感じるようになりました。午前中はできるだけ八丈町の図書館に出かけて、資料本をあさる時間にあてています。そして午後にはクサヤ工場へ。この順序を逆にすると、臭いのを閲覧室へ持ち込んで他の人に迷惑をかけそうなので、しばらくは工場にお願いしてそうさせてもらうつもりです。こんなふうに(気は強いかもしれないけど)、けっこう気配りもする美恵乃なのですよ、ハハハ。

マッチャンの報告にあった百姓衆の側の甚兵衛とその息子、お上の側の大原郡代とその息子という二組の親子については、なるほどそうだったんですか。寛政二年に大原郡代が八丈へ、寛政三年には勘左が新島へ渡っているんですね。風待ちで、新島から八丈まで何か月もかかったりしたあの時代、文字どおり呉越同舟だったことは考えられそう——再調査の必要ありです。

さて今日は、二組の親子のこと、特に息子たちが残した書物について。

新島の三島勘左衛門は「安永水滸傳」、「天明水滸傳」、「豆州七島細覧記」などの書物を、八丈の大原陶太郎は「八丈誌」を著しています。その内の「豆州七島細覧記」と「八丈誌」は、それぞれが在島中に見聞した事象について細かく綴ったもので、こちらからは陶太郎の「八丈誌」についてお知らせしておきましょう。

以下、原文に触れたことのある歴史好きのお年寄りからの又聞きですが、わかる範囲でメモしました。「八丈誌」は陶太郎による丁寧な記録で、対象を見る視点のたしかさに人柄がにじみ出ており、当時の八丈島を知る手がかりとして貴重なものだということです。ちょうど文化人類学などでいう、フィールドワークになるのかもしれませんね。

冒頭に「大原正矩誌」とありますが、これは自分の名、大原陶太郎正矩《まさのり》を使ったもので、それにならってここでは正矩を使います。まず、「余十四歳之時」とはじまる八丈行き航海の出航の部分。伊豆の島々へ渡るのがいかにたいへんだったかが、よく伝わってくるのでご紹介します。あなたが「黒瀬川は詩的な表現」と言ったこと、撤回したくなるかもしれませんよ。

――享和二年（一八〇二）五月五日、江戸川から出帆した一四歳の正矩は、三〇日に三宅島に着きます。順調な航海とはいえ、三宅まで渡るのに二五日もかかっています。そこで七月までひと月たっぷり風待ちし、八日になってようやく都合よく後ろから吹く追い手の風に乗って出帆。

彼は「船に酔ふ事ひとより猶まさりぬれば、日暮るるやいなや船底に打ち臥したり」と、人一倍船酔いに苦しんでいます。船が揺れるのは地面が常に上下左右するのと同じで、山里育ちにとっては、非常につらい日々だったでしょうね。

三宅島から八丈島は直線距離でも百キロ以上あり、途中には例の怖い急流、黒瀬川が流れています。正矩たちの船も、三宅島のすぐ南にある御蔵島を過ぎたあたりで向かい風になり、八丈行きをあきらめて、風下の伊豆国下田に向かいます。けれども、またまた風向きが変わって、とうとう三浦半島の三崎まで持っていかれるのでした。日誌には、相模灘の沖あたりで風に翻弄され、右往左往する日々のことが細かく描かれています。

七日ほど三浦三崎に滞在したあと、都合のいい風に恵まれて出航しますが、今度はべた凪で、六日経っても風が吹いてきません。正矩は「ただ汐にのみひかれてあしたは東へ流れ、夕べは西へただよふ心ぼそさ」と記しています。これはもう航海ではなくて、ただの漂流です。

ところがそのあと、こんどは船がひっくり返りそうになるほどの悪天候に見舞われます。船客の誰かが「今宵はあやかしの付きて船ことさらに汐にもまるる」と言ったとおりの過酷な荒れ模様で、これは悪い憑き物か何かのたたりではないかと、船内は恐怖にさいなまれるのでした。

こうして無風に苦しみ、嵐に見舞われながら航海は続き「月日を送るうち秋もはや長月末《ながつき》」になります。つまり九月末、出帆して五か月経過しています。船は相模湾の沖から江戸湾を越えて房総半島の小湊に漂着。南房総の小湊といえば、陸路を江戸へ戻るほうが近いような場所です。

数日風待ちをして小湊を出たところで、正矩たちはまた過酷な大嵐に遭遇します。「波は次第におこり立ち、船中の人々或は大山にも登るごとく思ふに忽ち千尋の底に落ち入る」ような海にもみくちゃにされ、「人々髪を切り、是に一刀を添へて水中に入れて神に祈る」うち、ようやく嵐は去っていきます。まさに波瀾万丈、七転八倒の八丈行きです。

嵐の後、再度三宅島にたどりつき、なくした帆柱や舵などを修復して一〇月五日に八丈目指して出帆、さいわい今度は数日で八丈の八重根湊に入ることができました。こうして正矩は、何度も死地をくぐり抜けながら、およそ半年にも及ぶ大航海の末に八丈にたどり着いたのです。当時八丈がいかに遠い島であったか、この生々しい記録から読み取ることができるでしょう。

正矩がこの過酷な航海を体験したのは、一四歳のときです。書かれたのは後年になってからだと思われますが、日付けや風の名称などが具体的に表記されていることから考えて、航海当時の覚え書きのようなものが残してあったのではないでしょうか。海を渡る恐怖についても克明に記されていて、この年ごろにしてはしっかりした観察眼の持ち主だったと思われます。

以上、八丈へきた流人の歴史が少しずつ見えてくるようになり、あなたと同様に自分の過去への旅をしている気分のミエノでした。

＊

自分の過去へ旅をしてるという美恵乃さんへ。

ぼくも同じように不思議な旅をしています。時は、一七七二年にはじまる江戸の安永年間から昭和にかけて。所は伊豆の新島、八丈から飛騨高山まで。飛騨は、ぼくのなかでは南へ山ひとつ越えた郡上にもつながります。一揆つながりです。

新島の三島勘左衛門が書いた「天明水滸傳」のこと、都の中央図書館の資料から、すこしわかってきました。本の冒頭には「天明水滸傳初編序詞」が置かれています。何しろ古い筆文字で、ぼくの未熟な素養では判読できない箇所も多いのですが、こんな一節がありました。

「白波緑林のこの世に、悪行は浜の真砂ほどもはびこっているけれど、それとは異なる義賊なるものがいる。盗んできたものを貧窮者に恵み施す神道徳司は、之である。類なき悪形を善志に替えるその所業を、天は漏らさず見ているだろう。（骨董堂主人）」

主人公の神道徳次郎（幼名徳司）は、聡明さと狡賢さを併せ持つ子どもでしたが、長ずるに及んで悪の道へ足を踏み入れます。しかし、盗んだ金品を貧しい人に恵んで喜ばれることが度重なり、やがてそれが天から与えられた仕事であると思うようになるのです。つまり義賊ですね。徳次郎が瞬時に悪行を見抜く眼力は鋭く、その活躍の場は江戸を中心にして関東以西、九州あたりまで広がり、義賊として大いに活躍するようになります。あらすじから類推するかぎり、勘左は父甚兵衛の献身的な義民ぶりを、義賊神道徳次郎に託して描きたかったのでしょうね。

この物語に関する批評が残っていて、「富は屋を潤し、徳は身を潤す」「子を養ひて教えざるは父の誤り、教導の厳ならざるは師の怠り」など、中国の故事から引いた箴言などがあちこちにちりばめられていて、戯作としての内容の豊かさが感じられるそうです。

父親の足跡を後に伝えようとして、長い物語を書いた息子の献身については、新島の白い墓地に据えられた父の墓石とその横に座す息子の自刻像という、他に例を見ない美しい構図とともに覚えておきたいと思います。おやおや、もう午前三時です。東京の街は相変わらず不眠症でまだ眠っていませんが、ぼくは眠くなってきました。つづきはまた。おやすみなさい。

＊

マッチャン。新島の甚兵衛と勘左親子のこと、いろいろとありがとう。勘左が書いた「天明水滸傳」については、百姓一揆の義民と悪代官、義賊と盗賊、正と邪、いろいろ想像できておもしろいね。誰かくわしく知ってる人はいないものでしょうか。

今日はおさらいを兼ねて、飛騨の一揆について書きます。発見が二つありました。一つ目は一揆が明和、安永、天明年間と、二〇年もの長きにわたってつづいたこと。二つ目は、大原家が親子二代で代官、郡代を務め、その孫が八丈へ渡るなど、三代で騒動にかかわっていたことです。

最初に騒動が起こったのは明和八年（一七七一）で、騒動のきっかけは、時の代官大原彦四郎紹正《つぐまさ》の理不尽なやり口でした。（その彦四郎の孫が、一四歳で八丈にきた陶太郎です。）

飛騨地方はもともと山地が多く田畑のすくない土地柄で、木材を売ったりして生計の足しにしていましたが、彦四郎はこれ以上伐採すると山が痩せるといって禁止令を布告します。百姓衆がそれに反対すると、今度は木材の代価として支払われる予定だった米を封印し、百姓衆を恫喝しました。そればかりか、大原は米商人と結託して米相場を操って利ざやを稼ぐなど、何かと問題の多い人物で、見かねた百姓衆が反発します。そこで、彦四郎は騒動に加わったなかから五〇人以上を投獄、騒動を率いた傳十郎を死罪に処しました。

この事件は年号を借りて明和騒動と呼ばれ、二年後の安永二年（一七七三）に起きる安永騒動につづきます。明和騒動ではっきりしてきた百姓衆との対立は、大原代官が矢つぎばやに実行した過酷な旧田検地などで、さらに激しさを増していきます。

念のために記しておけば、検地というのは田畑などの広さを測る制度で、そこではじき出された数値が年貢の多寡を計算する基本になりました。検地制度は、江戸幕藩体制の根幹を成すもっとも重要な収奪のからくりであり、百姓一揆の多くはこのからくりに反発して起きたわけです。

安永騒動では、百姓は新たに開墾した場所を隠し田にして検地を逃がれたり、お上はそういう田畑を必死に探して台帳につけようとしたり、いろいろな駆け引きが行なわれました。その間、年貢を納める百姓に対するお上の姿勢は、つねに「菜種油と百姓はしぼればしぼるほど採れる」であり、「百姓は生かさず殺さず」でした。

過酷な大原代官は、そんな圧政に加え、約束を破って古い田畑まで検地するという暴挙に出ました。百姓衆の怒りはふくれ上がり、集まった人数は一万を越えたということです。その中には若干一七歳で参加した本郷村の善九郎や、私たちが関心を寄せている上木屋甚兵衛などがいました。安永騒動は安永三年（一七七四）、大原代官の強圧によって鎮められます。飛騨一宮神社の神主など四人がハリツケの刑に、善九郎たち七人が獄門さらし首の刑に、その他一七名の流刑者を出すなど、百姓衆には厳しい処罰が下されました。翌年、甚兵衛が騒動を率いた咎《とが》で伊豆の新島へ流されますが、そのとき息子の勘左衛門は二六歳。その一五年後に、彼は父を追いかけて新島に渡ったのでした。

なお、この騒動で若くして死罪になった善九郎は、妻かよ、娘ひなの三人家族で、年若いお百姓にしては学もあり、こんな歌を詠んでいます。

「寒紅は　無常の風にさそはれて　蕾《つぼみ》し花の　今ぞ散りゆく」

まだ若い善九郎の覚悟がこもった絶唱です。この歌を知って思い出したことがあります。あの秩父困民党公演の準備段階で、私たち演出部は秩父へ取材に出かけました。その際、現地で困民党の生き残りの人に会い、「我ら困民党、暴徒と呼ばれ暴動と云われることを拒否しない」という文章が残っていると聞かされました。私はそれを読んで思わず大声で泣いてしまい、みなに驚かれました。暴徒でもないのにそう呼ばれたことが、いかに悔しかったか。でもその屈辱に耐えて「拒否しない」とした潔さに、私は感動したのです。

新島の上木屋甚兵衛も俳句をたくさん残していて、最後の作がこれです。

「くもの巣に　かかりて二どの　落葉かな」巴山（八十二翁）

巴山は甚兵衛の俳号で、八二歳のときの句ですから、なくなる三年前、おそらく飛騨への郷愁をかかえたまま、島で果てる寂しさがこみ上げてきたのでしょう。死をも覚悟して一揆を率いてきたが、島へ流され、二度目の生をまっとうした――その澄んだ気持ちと、裏に漂う無常観が伝わってきますね。

ところで、明和と安永の二度の騒動をねじ伏せた代官大原彦四郎は、飛騨の年貢が大幅に増えた功績で、代官より位の高い郡代に昇進します。けれどもしばらくして大原家は、妻がみずから命を絶ち、安永八年（一七七九）には彦四郎当人が急死という悲惨な運命に見舞われました。あとを継いで郡代になったのは息子の大原亀五郎です。残念なことに、亀五郎も親に劣らず欲の深い人物で、飛騨一帯の百姓衆は二代にわたって大原の圧政に泣いたのです。

天明三年（一七八三）の天明の大飢饉は、上州浅間山の大噴火によって広い地域に影響が拡大し、被害の出た飛騨地方に対しても幕府からの救済金が用意されました。けれども亀五郎はそれを着服して配布せず、逆に百姓たちに供出金を要求するという強欲な行動に出ました。明和、安永とつづく騒動で痛めつけられた百姓たちは、たまらずに代表を江戸へ送り出して直訴しようと計画します。

江戸幕府は、二度も騒動が起きた飛騨のことを調べはじめます。亀五郎はそれを知って、あわてて百姓側の指導者を捕えるのですが、百姓たちもたび重なる騒動で賢くなっています。各地を回る将軍の名代の役人に大原の悪行について訴え出たり、役人の追跡を逃がれて隠れたり、あれこれと知恵を絞り、策を講じて郡代亀五郎に抵抗するのでした。

この天明騒動の結果、幕府もさすがに亀五郎の悪政を見とがめ、流罪を科して八丈島へ流すことを決めると同時に、ほかの要職にあった役人にも死刑、追放などの罰を下しました。

亀五郎が手代たちとともに八丈へ流されてきたのは、天明から年号が改まった寛政二年（一七九〇）のことです。当時まだ二歳だった亀五郎の息子陶太郎は、一四歳になってから父を追いかけて八丈に渡ってきます。そのときの航海日記は前に紹介したとおりで、後にまとめた「八丈誌」でも父親についてはほとんど触れていません。わずかに、父のことを「家君」と表現して尊敬の意を表したり、島の習慣について教えてもらったと記している程度で、その姿勢はあくまで叙事的で冷静、事実を記録することに忠実であったといえそうです。

きょうはここまで。こんなふうに歴史を見直して行くと、八丈島育ちのひとりとして一種新鮮な気持ちになりますね。流罪を科せられて渡ってくる流人とはいえ、彼らはみな、いわば新天地にやってくる移民でもあります。私がその時代の人であれば、できるだけ流人を歓迎し、いろいろと新しい知識を授かろうとして近づくことでしょう。本土から見れば、島流しというのはどこか遠い僻地に追いやられることです。でも、流罪であろうと何であろうと、私たちにとって、島へくる人は新しい文化というみやげ物を持ってきてくれる、うれしい遠来の客なのです。

ちなみに、非道の限りを尽くした重罪人ですら、島の人々の寛容さにほだされて、再生を志すようになった例が幾つもあるそうです。この島のこうした歴史的な寛容についても、どうぞ忘れないようにしてくださるよう。

——こんなふうに、島の目で流人との交わりの歴史を見るのは、とても楽しい作業ですね。以上、歴史に未来を見つけようとしている過去探検隊のミエノでした。

＊

美恵乃さんの手紙にあった二組の流人の親子のこと、むくむくと興味が沸いてきますね。

頭の中では、江戸時代の流人の話から昭和の安保闘争や東京オリンピックに至るまで、いろんな人びとや出来事が渦巻いていて、ひょっとするとこのなかにぼくたちの未来設計図までが隠されているのではないか、と思ったりしています。ほら、目に見えるあらゆる表出のなかに本質も隠れているのではないか、って話がありましたね。それを踏まえれば、ぼくたちが学生時代からいままでに見てきた多くの事象のなかに、未来だって転がっているかもしれませんから。

とまあ、ここまでは前置きで、今回のレポートは江戸時代の刑罰について書きます。

新島や八丈島へ流される遠島の刑とは、どんなものだったのか。そもそも刑罰のうちで、もっとも重いのはハリツケ、獄門、斬首などの死刑で、遠島はそれにつぐ重い刑でした。それだけでなく、死刑や遠島などの重罪を科せられた者は、「その罪三族に及ぶ」と定められていて、罰が親子から孫の三代にまで及ぶことを覚悟しなければならなかったのです。

父が流罪を科せられると、通例その息子は（成人していれば）中追放という刑に服さねばなりません。中追放とは追放刑の一種で、住んでいた国、罪を犯した国を含めて武蔵、山城、摂津、和泉、大和など九か国と、東海道筋、木曾路筋など、決められた一定の地域に住んではならない、というものです。ほかに、もっと重い重追放（追放域が広がる）や、地域が狭くなる軽追放などもあり、いずれも遠島の刑のつぎに並ぶ刑罰でした。

ちなみに、この追放という罰則については、軽い部類で「江戸払い」といって江戸の町から追放されるもの、さらに軽い「門前払い」といって、町の奉行所の門前から追放されるものなどがあったそうで、熟語的に使う門前払いはここからきているのでしょうね。

ある流人の親子の例でいえば、親が八丈へ島流しになったとき、息子はまだ一五歳未満で刑の執行が猶予され、親戚に預けられました。やがて息子が一五歳になろうとするとき、一族の知恵者が集まり、なんとかお家断絶などのきびしい沙汰が下されることのないようにと、大芝居を打つことになりました。後継ぎが成人すれば、罪三族に及ぶの決まりにのっとって刑罰が下されることになるからです。

（きびしい処罰をまぬがれるために、まだ年若い息子が父親を慕って八丈島へ渡りたいと希望している、その願いを聞き届けていただきたい、と申し出たらどうだろうか。）

（ちょうどお上は仁義忠孝の志を広めることに熱心で、子が親を思い、親を慕う例を奨励しているから、心証もよくなるだろう。じっさいに流人の親を追って子が島へ渡り、その後のご沙汰を軽くしてもらった前例もあるようだ。）

——というわけで、一族は息子の島行きをお上に嘆願しました。その結果、もくろみどおり事が運び、お家断絶の沙汰もなく、息子は晴れて島へ渡ることができたのでした。

八丈島へ流された大原亀五郎の場合、息子の陶太郎が父を追って渡ったのは一四歳のときでした。一五歳になれば中追放の刑が執行されます。それよりすこし前に八丈島へ渡ることを願い出たのは、例に挙げた親子の場合と同様で、おそらく刑の執行を避けるためだったと考えられます。

なお、父親が八丈でなくなったあと、陶太郎は飛騨へ戻りますが、それ以後のことは、わかっていないようですね。ただし「八丈誌」に見られる陶太郎の「叙事的で冷静な」観察眼からすれば、祖父や父親が飛騨で成したことの軽重、善悪について何も考えなかったとは思えません。おそらく、わかっていたけれども触れなかった、敢えて口を閉ざしたということではないでしょうか。

りっぱな記録を残した陶太郎です。父たちへの疑問は感じながら、それらを封印して生きたのだろうなと、そのせつない胸の内を想像しています。

新島の甚兵衛親子に関しては、いわば親孝行の鑑のような例であり、知っている人も大勢います。美恵乃さんも触れたとおり、白砂の墓地に今も残る親の墓碑と子の座像を見れば、そこから絵に描いたような美しい物語が立ち上がってきます。片や八丈島の大原親子、とくに三代目の陶太郎は、そのまま歴史の残酷さを体現しているように見えます。しかしぼくは、陶太郎の闇の深さに惹きつけられるのです。その闇の中に何かが潜んでいるような気がしてなりません。ちょうど、八丈小島の闇の深さが魅力的であるように、です。けれども、このこと、日記の進行と外れていきそうなのでここまでにします。

今、午前四時。さっき鶏の鳴き声が聞こえました。闇が退いていきます。こんな東京の朝もあるのです。ではでは。

＊

八丈にきた大原親子のこと、調べてくれてありがとう。

たしかに、新島の飛驒んじいのお墓は美しい親孝行物語のシンボルになっています。私も何度かお墓を見に行きました。父の墓標を見守るまげ姿の息子の座像がなんとも健気で、見る者の心を打ちます。

はじめはわからなかったのですが、二度目にあらためてじっくり見ているうち、座像が合掌しているのに気づきました。抗火石の墓碑の風化が進んでいて、息子が父に手を合わせている姿を見逃がしていたのです。父親の墓碑と、祈りつづける息子という構図――二百年近くにわたって親子がこうしているのだと思うと、私はしばらくその場を動くことができなくなりました。

あの座像は、息子が彫ったのではなく、石工の石松という流人が手伝ってできたものではないか、ということです。石松は腕の立つ江戸の石工で、甚兵衛と同じころ、五〇歳前後で島にやってきました。浮気した女房をなぐり殺したのだそうですが、島では一本気で素直なところを見込まれ、石垣を組んだり墓石を彫る仕事を請け負うようになりました。石松も腕を生かすことができて、うれしかったことでしょう。抗火石の彫りやすさに目をつけた石松は、故人が生前好きだったものをかたどって、酒樽や茶碗の墓石を彫ろうと思いつきます。

私が数か月お世話になった、民宿のおばあちゃんがこんな話をしてくれました。

「石松の遊びごころで、墓石がいろんな形に彫られるようになったら、お参りする人が増えて、お墓がにぎやかになったんだそうですよ。人にほめられて、石松にも慈悲の心が生まれて、その慈悲心が墓地を飾ってくれたのでしょう」

そんな石松の耳に、飛騨んじいの息子が自分の座像を彫っているといううわさが届きました。そこで息子を訪ねたところ、いかにも石像の出来が悪い。見かねた石松は、まげ姿も凛々しい勘左の座像を彫ってやったのです。島にきてほぼ二〇年、石松七〇歳のころのことでした。

今も、石松の彫った心づくしの墓碑のおかげで、流人墓地は海水浴や釣りで島を訪れた観光客に親しまれています。そこは流人の歴史に思いを馳せたり、街の喧噪を離れて自分の行く末を静かに思ったりするには、格好の場所なのです。

いっぽうの大原親子は、いわゆる悪代官の典型のような親と、その息子の話で、どうも旗色がよくないですね。でも、マッチャンの言うとおり、息子陶太郎の心には、きっといろいろな思いが渦巻いていたにちがいありません。陶太郎の心の闇——おもしろそうですね。

もうひとり、あなたが知りたがっていた新島の治八という流人も気になるので、わかった範囲で書き留めておきます。

飛騨の大原騒動で新島に流された義民のなかには、甚兵衛のほかに名田村の善五郎、八賀村の治八のふたりがいます。治八は新島へ渡ってから、海でなくなった漁師の後家と結ばれました。やがて子どもができ、家族を持つしあわせを得て、島の砂になりました。生きているうちは、甚兵衛とはめったに顔を合わせることもなかったようです。息子の勘左衛門が、父を看病するために島へ渡ってきたときも、恥ずかしそうにあいさつしただけで、甚兵衛親子を避けるように暮らしていました。女房子どもを飛騨に残しながら、島で家族をつくったうしろめたさから、甚兵衛親子には会いたくなかったのでしょう。

勘左が飛騨へ帰ることになったとき、治八は、漁師の後家と所帯を持ったことを打ち明けました。そして飛騨の家族には、「治八は島でなくなった」と伝えてほしいと頼みます。そのときの治八の胸の内はどんなだったでしょうか。

おそらく身を裂かれるような気持ちで、治八は自分が死んだことにしてほしいと頼んだのでしょう。でも、そこまで思いつめなくてもよかったのではないか、島でしあわせを見つけたことにそれほどの罪の意識を持つ必要はなかったのではないか、という気がします。飛驒の家族を置き去りにしたことに対する、治八の贖罪の気持ちは尊いとしても、です。そのことが八丈島の流人史に出てくる「水汲み女」の存在から読み取れるかもしれないので、私なりの推測を伝えます。

江戸時代、八丈島には水汲み女と呼ばれる女たちがいて、長いあいだ流人の世話をしてきました。流刑で島へくる罪人の多くは、所帯仕事の苦手な男たちです。水汲み女は島の生活に慣れない彼らのために、毎日欠かせない水汲み仕事はもちろん、食事から身のまわりの世話までじつに細かく面倒をみてやりました。残っている資料からうかがえるのは、彼女たちがあるときは母親のように、また女房のように、ときには恋人のように彼らに寄り添ってきたという事実です。

八丈の女たちが、なぜ大罪を犯して島へきた流人に対して、臆することなくここまで好意的に接してこられたのか。その理由としては、古来、島には男より女のほうが多かったこと。遠すぎる島とあって訪れる人がすくなく、罪人であろうと外来者ならだれでも歓迎されてきたこと。流人とはいえ島では比較的自由な生活が認められていて、仕事をしたり妻帯したり、島びとに近い生活ができたこと——などが挙げられます。

この島が、数百年にわたってさしたる大事件を起こすこともなく、一九〇〇人にも及ぶ罪人を受け入れ、温かく包み込んできた裏には、水汲み女をはじめとする女たちの、大らかで母性あふれる愛情がたしかにあったのでしょう。もっとも私に言わせれば、女たちが流人にこれほどの愛情を注いだことは、依然としてこの島の不思議のひとつなんですけどね。

陽の当たる場所で、多くの人に注目を浴びてきた飛驒んじいの親子とちがって、日陰にいて目立たなかった代官の息子陶太郎、石工の石松、島で所帯を持った治八の三人にも光を当ててやりたい。それだけでなく、歴史の陰で男たちを支えてきた八丈の水汲み女たちにも光を、と思うのは、八丈育ちの感傷にすぎないのかもしれません。

でも、私のそんな陰の部分を、きみはきちんと評価してくれるはずだと思っています。

なぜなら、第二の性、残されたままの性であるわれら女族とよくつき合い、同性から学ぶ以上に学ぶことが多いと、本気で、恥ずかしげもなく言い切るきみの感性と温かい視線は、歴史の暗くて目立たない部分（女の歴史も含めて）の重さに、きっと気づいてくれるだろうから。それに、私の中にある「古い善きもの」、きみがそう言ったんだよ、覚えてますね？　私が気づいていなかったそういうものを引っぱりだしてくれた、きみの熱心さに敬意を表したいから。

この交換日記の企画を頼んできた編集長の手紙に、こんな箇所がありましたよ。

「女性雑誌の編集部で、彼はまだ新人ですが『ぼくは、女性たちの終わらない話の、徹底した聴き手になります。小さい頃から、女の仲間に男がひとり、が好きでしたから大丈夫。むしろ、この編集部で仕事できることは光栄です』と宣言して、生き生き仕事をしています。どうぞ菊池さんの気持ちを思い切り彼にぶつけてみてください。良い記事になると思いますので、よろしくお願い致します――」

冗談じゃなく、「女の仲間に男がひとり」を辞さないきみに敬意を表する美恵乃です。

第五章　母川回帰の旅

赤い高山陣屋

二〇一〇年の初夏、ぼくたち飛騨美濃ツアー一行は、早朝くるまで東京を発って飛騨高山に向かった。一行三人のうちのひとりは三年先輩で、いまなお現役ルポライターとして雑誌に署名記事を書いている前田徹子さん。ふたり目は、一年上で現在神奈川の城ヶ島でみやげ物屋を営む菊池美恵乃さん。いずれも大学時代に演劇研究会でいっしょだった仲間である。

徹子さんはその年のはじめに乳がんの手術を受け、劇研OBによるはじめての花見会には出られなかった。手術を終えて退院した直後に連絡がきた。乳がんは、ぼくの胃がんよりやっかいだと聞いていたけれど、彼女は「再発しても、そのときはそのとき」と意外に鷹揚で、ついては花見会がどんなだったか聞かせてほしいという。そこで久しぶりに、神田川に架かる面影橋を目白方向へ渡った先の、ちいさなレストランで夕食をしようと約束した。

面影橋は、学生時代に住んでいた三畳の下宿のそばにあって、徹子さんも見物にきたことがある。ぼくはすこし早めに出かけて、なつかしい橋を渡った。下を流れる神田川の水は学生時代より澄んでいる。下宿のあった場所には五階建ての瀟洒《しょうしゃ》なマンションが居すわり、洗濯物がいっさい見えないほどにすまし込んでいた。

徹子さんはすこし痩せたようだったけれど、さいわい術後の経過はいいという。ぼくは、隅田川の屋形船に集まった二八人の盟友たちとすごした一日について、細かく報告した。

「そりゃあ貴重な時間だったわね。隅田川の屋形船で花見なんて、大学時代にそんな豪勢で風雅な遊び、考えもしなかったからなあ。あー行きたかった。がんのやつ、貴重な時間を奪いやがって、もう」

くやしそうな徹子さんに、ぼくはがん手術の先輩としてねぎらいの言葉をかけた。

「おつとめ、ごくろうさまでしたね。ぼくも一五年前に胃がんで胃の三分の二切除しちゃったけど、でもなんとか生きてますよ。がん治療の技術は日進月歩、ややこしい乳がんだってすぐクリアできるようになるんじゃないかな。おたがい、もうしばらくがんばりましょうよ」

「そうね、前向きに考えてるほうが免疫力も上がるらしいしね。それにわたし、後輩がやってる旅行雑誌の依頼で、ちょっと楽しみな企画に参加する予定があるのよ」

「えー、徹子さん、相変わらずアクティブですね。まだ仕事やりたいなんて」

「いやあ、ただの奥手なんだな。いまごろになって、ようやくわたしの需要が高まってきたってことでしょう。はっはっは」

「でも、現役として働いてほしいって依頼があるのはしあわせですよ」

徹子さんは、にっこりした。

「そう、ライターとしても、そこそこ名が知られてきたからね。依頼は、テツコのふるさと二〇選ていうんだ。浅草育ちのわたしには、あのあたりがなつかしいふるさとなんだけど、江戸は同時にコスモポリスでもあってさ、山や川のそばで育った人とはちょっとちがう気がするのよ。それに、三代つづいた江戸っ子だい、なんて威張っても百年くらいのもんでしょう。江戸が栄えはじめたのだってせいぜい二五〇年前。住民はみんなあちこちからやってきたわけで、そのあちこちに行けば、もっとうんと古い歴史や風習があって、そういう田舎から見たら、江戸は若い新興都市みたいなものよね。だから浅草生まれのわたしでも、生まれる前の記憶には、どっかしら別の、遠い土地のことが刻まれてるはずだって思ってるの」

「ははあ、遺伝子レベルのふるさとを見つけよう、ってことですね」

「うん。あちこち行って、わたしの感覚を解放して、なんか感じのいい古い里を探して、二〇個集めようってプランよ。いわば、おらが心の里のなつかしい山川草木探しね」

「それなら、おらが田舎には、千年以上前から鵜飼漁をやってる川がありますよ」

「そうそう、たとえばそういうこと。長良川でしょう。千年前っていえば、東京のこのあたりも海のなかだったって知ってた？　浅草も日本橋も海、とにかく現在の東京の半分以上は海で、人が住めるようになるのはずっとあとの話よ。だから、もっと奥の方の田舎を見に行きたいねえ」

「山川草木か。いっぱいありそうで、二〇箇所を選ぶのはけっこうたいへんでしょう」

「マツは岐阜だから、飛騨高山なんかどうかな。何か新鮮な目で案内してくれない？」

「岐阜は岐阜でも飛騨育ちじゃないんで、北はせいぜい郡上八幡くらいまでしか知らないんですよ。高山はあまりくわしくないな」

「いいのいいの。細かいガイドはあとで若いのがやって、わたしの仕事はもっと広く、おおらかな視点から日本を見て、二〇箇所選ぶことなわけよ」

高山へ、という提案はうれしかった。じつをいえば、ぼくは兄を通して、高山と、ちいさな、しかしたいせつな縁を結んでいるから——。

高山の飛田高校では毎年春、白線流しという卒業行事が行なわれる。それは旧制中学時代からの伝統で、最初は、卒業生が学帽に縫いつけてある白線を外し、またいつか会おうと願って一本に結びつけ、学校近くの川に流すという感傷的な思いつきにはじまった。けれども一九四〇年ころから太平洋戦争末期にかけて、学生たちは、卒業して戦場へ行くことになったらもう二度と帰ってはこられないだろうという現状に気づきはじめた。白線流しに託された、いつかまた会おうとの心躍る約束は、教室で学んだ未来や理想と対極にある戦争への憤りに代わった。

兄は岐阜市内の岐美中学に通っていたが、敗戦のすこし前、その行事に出席したことがある。兄と親しかった飛田中学の友人が、戦争をつづけるこの国にひとりで異を唱え、白線流しが実行される直前にみずから死を選んだ。

それは命と引き替えの孤独な抵抗であった。友の死を知った兄は高山へ駆けつけ、飛田中の学生に頼んで、白線の後尾に自分で彫ったちいさな円空彫りの木仏を結びつけてもらい、友への供養とした。

昭和二三年、旧制中学が新制高校になり、ついで男女共学がはじまってからは、白線流しは男子の白線と女子のリボンを交互に結ぶスタイルに変更され、現在に至っている。

雑誌の編集部で働いていたころ、ぼくは一度だけ白線流しを見物に行ったことがある。その年の春は遅足で、雪がしんしんと降っていた。学校裏の小七川の堤防はまっ白に彩られ、白線とリボンの長い帯が流れる水に乗って延びていった。その帯に兄の円空彫りの木仏が加わり、最後には兄の友の無念まで結んであるような気がした。からだは凍えそうだったけれど、胸に熱いものがこみ上げてきたことを、よく覚えている。

久しぶりに、そんな縁をたどって飛騨の山々に会いに行くのもいい。ぼくは徹子さんに、高山のあと郡上踊りと長良川の鵜飼を加えて、飛騨美濃の旅にしてはどうかと提案した。二百年以上にわたって綿々とつづけられてきた郡上八幡の盆踊りや、千年の伝統と川の恵みの賜物である鵜飼漁が、彼女の目にどう映るか、たしかめてみたいと思ったのである。

徹子さんは、半世紀前と変わらない好奇心丸出しで計画に賛成した。

「いいねえ。飛騨に美濃、楽しみよ。たしかマツは学生時代に話してくれたっけ。なくなったお父さんの通夜の話や、柳ヶ瀬に出没するオトコオンナのこと、彼の遺体を長良川の深い淵に落としたことなんかまで、いろいろと。百年も前のこと聞いてるようで、不思議な気持ちになったたっけねえ。よく覚えてるよ。あれから五〇年、つまり合計で一五〇年前への旅よね。そんな舞台が見られるなら楽しみ、行こ行こ」

「ははは、一五〇年前はオーバーですよ。でも高山、郡上、長良川で待ってる古いものを見に行くんだから、時間をさかのぼる旅になるのかもしれませんね」

　さらに一週間後、徹子さんが電話で意外な展開を告げた。

「きみの話じゃ、劇研の制作部の加藤さんが美恵乃に会ったっていうんでしょ。わたしも会いたくなって三浦三崎の彼女のとこへ出かけたのよ。じかに本人から、学生時代の失踪事件について訊きたくて。そしたら美恵乃、年相応にしわはあるし、肌は日焼けで黒かったけど、あの青い目は健在だったし、容姿も思ったほど衰えずよ。子どもふたりで、長男は外人顔で漁師やってるんだって。孫にも会ったわ。三人いて、もうりっぱなおばばなのに、つやっぽい色気っていうか、妖気が漂ってるみたいでね。化けもんよ、ありゃ」

「ははは、化けもんですか。加藤さんは女神か巫女か、なんて言ってたけど」

「巫女ね、それもわかるよ。でもなあに、東京オリンピックのあとに八丈小島でマツは美恵乃と会ったんだって？　そのこと、わたしに言わなかったでしょう。だめよ、そういうだいじなこと隠したりしちゃ」

「隠すほど秘密めいた話じゃなくて、言う機会がなかっただけですよ」

　徹子さんは、美恵乃さんからいろいろと聞き出していた。ぼくが以前に雑誌の取材で彼女に会ったこと、飛騨の百姓一揆にかかわった流人が八丈島と新島に流された歴史を、ふたりで調べたこと、美恵乃さんとノートを交換して、それを雑誌の原稿にまとめたことまで――。

「彼女の半生、たいへんなロングストーリーだったわ。八丈で漁師と所帯持ったけど、子どもの三歳の誕生日に、彼が海でなくなったんだってね。いまの城ヶ島の旦那はふたり目。わたしは結婚したことないから、ああいう女には逆に興味しんしんでね、根掘り葉掘り聞いちゃったよ。大学では二年ちょっとの短いつき合いだったけど、あの時代をいっしょにすごしたっていう安心感みたいなもんがあって、ふたりとも話が止まらないの。あのころのこと、たいせつにしなきゃってつくづく思ったわ」

「八丈の漁師だった連れ合い、なくしたんだ」

「そうだって。いろいろあったけど、いまがいちばんしあわせかもしれないって言ってたよ」

「美恵乃さん、ずっと自分探しの旅してきて、ようやくそれが見つかったってことなのかな」

「うん、とにかくきらきらしてたね。それで誘ってみたのよ、八丈育ちでマツと飛騨の流人について調べたことがあるんだったら、いっしょに高山へ行こうよって。そしたら時間もあるし、いい機会だからぜひお願いしますって返事。だから今度のツアー、三人になるよ」

「うわ、美恵乃さんもいっしょに。そりゃまたおもしろいことになりそうですね」

＊

何歳になっても、旅という非日常へ出かけるのは胸躍るものである。とくに今回は、シニアとはいえ女性ふたりのお伴をするわけで、どきどき感は何倍にもなる。ふたりが学生時代の先輩であることより何より、数十年のごぶさたがどんな言葉になってほとばしり出るか、それがいちばんの楽しみで、ぼくは最初からよき聴き手に徹しようと決めていた。

東京から飛騨高山、郡上八幡を経由して長良川の鵜飼を見物して東京にもどってくるまで、およそ千キロの行程である。その間ずっとお付きの運転手を務めなければと覚悟していたけれど、徹子さんも美恵乃さんも「交替で運転しようよ」、「運転きらいじゃないからやるよ」と積極的である。徹子さんは独り身の気軽さで、最初のくるまを手に入れたのは四〇年も前になるという。ところが自分で使うより、家族や親戚の用事のためのドライバーとして呼び出されるほうが多いらしい。

「わたしって、いつもだいたいそういう星回りなのよ。オンナ独身貴族なんてよく言われたもんだけど、まわりのみんなはその貴族をこき使うのがうまくてね」

その言葉には、徹子さんの生き方がにじんでいるようである。学生時代に、かいがいしく後輩の下宿の世話までした姉御の広い背中を思い出す。

運転については「わたし、くるまを男だと思ってるんだ。言うことに百パーセントしたがってくれるオトコ」と言い切るくらいで、走ることが楽しいらしい。それが証拠に、東京から飛騨高山までの八時間のうち五時間以上もハンドルを持ってくれた。

美恵乃さんは、くるまをぜいたく品と思っていたけれど、三人の子育て期間の右往左往で欠かせなくなったという。

「冷蔵庫も金持ちの持ち物って思ってたわ。でも買いだめした食料や残り物を保存できるとわかって、これこそ貧乏人の必需品だって確信して、いちばん大きいのを買ったもの」

ふたりは昭和という時代にふさわしい理由で、くるまや冷蔵庫を手に入れた。ぼくも同じものを同じような動機から、長期の月賦で買ったくちである。徹子さんが、最初のくるまは二四か月の月賦で手に入れたと話しはじめた。

「こないだ、若い姪っ子に、おばちゃんの時代はゲップを組んでくるまを買ったのよ、って言ったら、いやだそんな、気持ち悪い、だってさ。知らないのよ、月賦のこと」

「わたしも孫の中学生に説教されたわ。ばあば、ゲップなんて汚らしい言葉は使わないで。ローンのことでしょう、って」

美恵乃さんが笑い、三人で「ねえ」と相槌を打った。走る車内で、あのころはああだったこうだったと延々つづく昭和ばなしは、刺激いっぱいの時間旅行になった。おたがいの記憶ちがいをおぎない合い、埋め合っているうちに時計の時間も心地よくすぎていく。

中央自動車道、長野自動車道を通って松本から西へ向かい、安房峠越えの道に入る。

道路沿いに夾竹桃の花を見つけて、きゃーきれいーと喜んだかと思えば、でもあの茎には毒があるんだよ、わたしたちと同じよねなどと言って、わっはわっは笑う。ムクゲの白い花には中国や韓国の味わいがあるね、アジアだわねえ、そう、これからはアジアの時代よと肩をいからせたり。まるで十代の女学生のくるま旅である。

安房峠を越える道はむかしの野麦街道で、くるまにも難渋な坂や曲がり道がつづく。高山ではじまった大原騒動の惨状を江戸おもてへ訴え出るために、百姓たちが死を賭してこの街道を東に向かったのは、二五〇年ほど前のことである。当時は、江戸へ出るのに一週間から一〇日を要した。むせかえるような新緑の匂いを突っ切って走りながら、この匂いは当時と同じにちがいないというはるかな憧憬が、くるまの窓の向こうに見える山々の稜線と交錯する。

助手席の徹子さんが地図を見ながら指示し、ぼくは高山の街へくるまを乗り入れた。

「高山に入ったらまず代官屋敷に行こうね。陣屋っていったかな。ただの史跡として見るんじゃなくて、百姓衆のお裁きがあった場所、時の権力行使の現場として目に焼きつけるの」

「おー、久しぶりの学生用語ですね」

高山陣屋はウイークデーにもかかわらず、多くの観光客でにぎわっていた。予想以上にりっぱな屋敷である。江戸時代に五〇か所以上あった陣屋のうち、唯一ここだけが残っているというので国の史跡に指定されている。

大きな門をくぐり、玄関を上がったところに吟味所がある。そこは取調室のような場所で、罪状を白状させるための道具や罪人を運ぶ籐丸かごなどが置かれている。そのなかに、断面が三角形になった垂木を並べて、上に罪人をすわらせる算盤責めの拷問道具があった。美恵乃さんの足が止まった。おやと思って注視していると、手が震え、目が動かなくなった。つぎの瞬間、その場にすわり込み、両手で顔を隠して嗚咽をもらしはじめた。呼吸も荒くなっている。

「美恵乃、どうしたの」

徹子さんがあわてての ぞき込んだ。

「ごめんなさい」

美恵乃さんはちいさく叫んで玄関を跳び出した。ぼくと徹子さんはあわててあとを追い、正門の下で立ちすくんでいる彼女をかこんだ。

「あの責め道具を見たとたん、からだが震え出して止まらなくなっちゃって。劇研のころにも、秩父困民党の取材で事件の生き残りの人に会ったとき、震えがきて泣き出しちゃったことがあるけど、あのときとおんなじだって思い出したわ。だめなんだなあ、近くでとつぜん意外なことが起こったりすると、目の前がまっ赤になって動揺しちゃうんだ。ごめんなさい、心配かけて」

「敏感なんだね。それとも旅の興奮で、感情失禁しちゃったとか」

徹子さんが美恵乃さんの肩を抱きながら言った。

「ええ、自分ではもうどうしようもなくて、収まるのを待つしかないんです」

「まっ赤になるって、赤い色が見えるんですか?」

ぼくは以前に、感情が高ぶるとまわりの色がちがって見えるようになる人がいる、と聞いたことがある。美恵乃さんも赤くなったと言った。感情に色のつくことがあるらしいのだ。

「うん、そんなによくあるわけじゃないけど。秩父へ行ったときも、新島ではじめて飛騨んじいのお墓を見たときも、そう。あたりがまっ赤になって涙が止まらなくなったわ」

「ああ、新島のあのお墓、見る人を釘付けにする何かがあったっけ」

「そうなの。でも不思議だったのは、康佑が海で遭難して遺体が見つかったときは、意外にしっかりしてたんだ。涙も出なくて、旦那の遺体なのに自分でもあきれるくらい」

ぼくは美恵乃さんの呼吸がおちついたのを見て、そっとたずねた。

「なんか、虐げられた人たちのことになると、強いシンパシー感じるんですかね。秩父、新島、飛騨高山、どれもみんな百姓つながり」

「ロシア革命で右往左往した、農民の血でも流れてるのかしら。あ、ごめん、軽口すぎたわ」

美恵乃さんは深呼吸しながら立ち上がり、みずからを鼓舞するようにほほえんだ。

「徹子さん、ありがと。おかげで気が楽になったわ」

「美恵乃の感覚、やはりどっかふつうの人とちがう。学生時代からそうだったよね」

「うーん、そうかなあ。若いころにはそのちがいが憎らしくて、自己嫌悪のかたまりだったこともありましたけどね。わたしはわたし、このままでいいって、しぜんにふるまえるようになったのは年取ってからよ。世界が赤くなったのは久しぶりだけど、それもまた、わたし」

「それにしても、あの拷問道具はきつかったわね」

「ええ。新島の白い砂のお墓や、秩父の山を駆けた困民党の人たちの姿もそうだけど、あの部屋じゃ拷問の場面がイメージに浮かんできて、それがなんとも耐えられなくて」

「あの拷問道具って、骨を折るんじゃなくて心を折るための道具よね。けど飛騨の百姓たちもかなりしたたかだったらしいから、あの上にすわらされても簡単には参らなかったんじゃない。マツが、飛騨の一揆は長期間つづいた希有の事件だって、言ってたでしょう」

「ええ。秩父は江戸に近いからあっという間に制圧されたけど、飛驒の炎は一五年以上消えなかったってことですからね。もっとも、飛驒では大原彦四郎、亀五郎とあくどい代官が二代つづいて、百姓たちをよけい怒らせたんですけど」

「そうそう、二代目の代官が、幕府のお咎めを受けて八丈まで流されてきたんだっけ」

「そのあとのこと、美恵乃さんの調べでわかったんですよ。代官の息子が、一四歳で父親を慕って八丈島に渡ったって。新島の飛驒んじいと同じで、驚きましたよね」

「そうだった、思い出したわ。陶太郎って名前で八丈に関する見聞録まで残してるのに、父親についてては何も触れてない。ほんとうはずいぶんせつない思いをしたんじゃないかなんて、あれこれ想像したこと覚えてるな。わたしはいま、そういうドラマのあった場所にいるんだね」

「でも美恵乃、話してるうちに表情がずいぶんおだやかになってきたよ」

「はい、やっとおちついたみたい。ごめんなさいね、迷惑かけて」

「気にしない気にしない。ここはきっと刺激が強すぎたんだよ。すぐ出ようね」

穂高連峰から、槍ケ岳、立山連峰、遠くかすむ白山連峰などに四方をかこまれた高山盆地の一角に、歴史の証拠品のような陣屋が残されていて、そのなかのちいさなお白洲はいまだに重い空気をまとっている。その空気の重さは、数百年という時間の重さでもあるのだろう。

翌日は白線流しが行なわれる飛田高校裏の小七川を見たあと、城山公園に登る予定だった。公園には、半世紀以上前、兄の親友がみずから命を絶ったとき縄をかけたという松の木が残っている。けれども、美恵乃さんの予想外の動揺を考えると、明日は早いこと高山を離れたほうがよさそうである。

＊

二日目は高山探索をやめて、宿を出たらすぐ、白川街道経由でひるがの高原の分水嶺公園へ行くことにした。分水嶺公園とは、日本海へ流れる水と太平洋へ流れる水が袂を分かつ地点を示す施設で、飛驒高山から郡上八幡へ出る旧道の途中、大日岳を真西に仰ぐあたりに位置する。運転を徹子さんにまかせ、美恵乃さんを助手席にすわらせて、ぼくは後席から道案内をした。

「おふたりさんは、一五年くらい前にテレビでやった、白線流しってドラマを知ってますか」

徹子さんがうなずいた。

「えーと、高校生が都会へ巣立ってく青春群像劇で、たしか長野県の松本が舞台だったと思うんだけどな。観たことあるよ」

「あの話、ほんとは飛驒高山の高校が舞台で、そこの卒業行事がドラマになるって期待してたんだけど、はじまったら話がちがうんですよ。舞台は松本になってて、高山が出てこなかった」

「え？　わたし、すっかり松本の学校の行事だとばっかり思ってたわ」

「それがちがうんだな。あの舞台はどうしても飛驒高山じゃなきゃいけない。ほかの土地へ持っていくなんて納得できなかったんですよ。でも、ドラマはけっこうよくできてたんで、首かしげながら観ちゃいましたけどね」

「なんで舞台を変えちゃったんだろう」

「知り合いのテレビディレクターに訊いたら、そりゃあ、テレビにはテレビの作り方ってものがある、高山よりは松本のほうが街として知名度が高くて、視聴者になじみやすいし、名門校があるし、何より東京に近いから経費的にも助かる。つまり、テレビドラマ作りには好都合だから当然だって言うんですよ。何十万、何百万ていう視聴者を相手にするんだから、そういう計算もするんでしょうけど、地元民としてはなんとも残念でしたね」

「そんなに以前ならともかく、いまじゃ飛騨高山の知名度もすっかり定着してるわけで、本家を舞台にしてもう一度やったらきっと行けると思うね」

徹子さんが言い、美恵乃さんも同意した。

「高山とわたしのつき合いは、伊豆の新島の流人墓地がきっかけだったけど、そのあと土地の渋草焼きの陶器を見る機会があって、特徴的な青い色が使ってあるのにすごく驚いたの。だって、その色、わたしの目のブルーグリーンにそっくりなのよ。そんなことがあって、何かご縁があるなあって意識しはじめて、そしたら白川郷がとうとう世界遺産になったでしょう。もう自分のことみたいにうれしかったわ」

「そうか。渋草焼きは高山の名産品なんだっけ。たしかに、あの青と赤の焼き色は独特ね。その青が、美恵乃の目の色と同じっていうのは楽しい発見だわね」

「ええ、なんか親戚に会ったみたいな感じがしたな。だから白線流しも、最初はテレビのニュースだったけど、他人事とは思えずに真剣に観たわ。学生たちが学校裏の川辺に並んで、アイン、ツバイ、ドラーイって旧制中学の寮歌みたいなかけ声ではじめるのよね。みんなで何十メートルもある白線持って順番に流してくとこ、とてもロマンチックだったなあ」

「でしょう。春を告げるにふさわしい風物詩として、全国ニュースにもなるんですよ。毎年、三月一日。学校の横を流れる川の土手には、まだ雪が残っていたりして」

「男子の白線と女子のリボンを交互に結ぶってあたり、いいねえ」

徹子さんの声には同意の響きがまじっていた。

「卒業生じゃなくても、じんとくるんです。半世紀以上前にはじまった白線流しのきっかけが、学校で学んできた理想と、これから行く戦場との矛盾に抵抗することだったと思うとね。ぼくは以前に一度見に行って、恥ずかしいけど泣いちゃいましたよ」

ナンバ踊りの秘密

くるまは白川街道を、ひるがの高原に向かっている。もともとは蛭ケ野と記された広大な湿地帯で、白山連峰から大日岳へ連なる水系のはじまる場所である。

分水嶺公園は高山から五〇キロあまり、ひるがの高原の入口近くにある。視野いっぱいに広がる湿地帯は、百万年以上の時をかけて形成されたものだという。山々から染み出る清新な水が、さまざまな湿原植物を育て、一帯は水芭蕉や座禅草、綿すげなどの南限の地になっている。湿原をうるおした水は集まって川になり、北へ上り南へ下り、やがてそれぞれの海に出る。ここは、そんな地球大の循環のはじまりであり、最初のしずくの一滴一滴がまだ見えそうな場所でもある。

「おやおや、この舞台装置は造りすぎてるね。ここまでしなくてもいいのに」

一本の流れを左右に分けた水路を見て、徹子さんがきびしく評した。石碑に刻まれた右矢印の下に日本海の文字、左矢印には太平洋の文字が配され、その下の水路をゆるゆると水が流れていく。たしかにわかりやすいけれど、地理の模型を見せられているようで、壮大な水の旅のはじまりというにはほど遠い貧相な印象である。

「まるで小学校の地理の教室ね。でもここからしずくの旅がはじまるんだよね」

同情するように美恵乃さんが言って、流れに手を差し込んだ。徹子さんも横に並んで水をかき回しながら声をかけた。

「おまえたち、いい見せ物にされてるけど、これから旅は長いよ。日本海へ行くにせよ、太平洋に出るにせよ、気をつけてお行きなさいな」

雑木林の向こうから霧が流れてきた。空気が急に湿気を帯びて肌にひんやり当たる。雨がくるのだろうか。このあと、夕方前には郡上の街なかの宿に入って今年の郡上踊りの踊りはじめの行事に参加する予定である。踊りの時間に雨がこなければいいいけれど——。

「じゃあ、水の授業はこのくらいにして、つぎの目的地に向かうかな」

「そうですね。徹子さん、郡上までつづけて運転お願いできますか。ぼくはもうすこしガイドして行きたいんで」

「いいよ。美恵乃もゆっくり景色を楽しんでよね。霧が降りてきてるから、ちょっと幻想的なドライブになりそうだわ」

「すみません。高山からここまで南へ下ってくると、なぜか気持ちがおちつくわ。山深い里を出て、わたしの生まれた海に近づいたってことが影響してるのかしらね」

「ははあ、それはあるかもしれないな。ぼくの例でいえば、東京南西部の多摩川沿いに住むようになったのは岐阜にいちばん近い地域で安心できるから。そういう例がけっこうあるらしいんですよ。逆に東北出身の人は、東京の東部を選ぶ傾向がある。やはりふるさとに近いからって」

「へえー、地方出身者の心理的な磁石がそうさせるのかな。わたしのなかの磁石にも聞いてみないとね。おーい、あんたはどっち向いてるんだい？」

　徹子さんがおどけて左右に手を振った。美恵乃さんはうなずきながら答えた。

「そう、人にはふるさとを指す方位磁石が埋め込まれていて、上京した人は苦しいことがあったり傷ついたりすると、磁石の指す方向を向いてこぶしを握りしめるらしいのね。わたしの磁石も南を、流人の島を指すんです。すくなくともロシアじゃない」

「ほっほーなるほど。でもその感覚、東京生まれのわたしにもなんとなくわかるような気がするね。ただしわたしには磁石はないかもしれない。あるとしても針が全方位を指してぐるぐる回ってるってとこか、それともまだ目的地が見えていないのか」

　ぼくは声を大きくした。

「徹子さんには、このへんでぜひ敏感になってもらいたいですね」

「そうね、探さねば。それにしても、浅草界隈とはちがう、この既視感はなんだろうねえ」

「見たことがないはずの透明な水と緑にかこまれて、受け取ってるものがあるんですね」

「うーん、この目の前の山と川が語ってるって、なんとなくわかるんだけどなあ」

「山川草木、鳥、けもの、どんな声も聞き逃さないでくださいよ。おっ、標識ではもう郡上に入りましたね。いよいよ長良川のはじまりです」

「マツの縄張りだね。よく見とかなきゃ」

「道は郡上の街へ南下して、しばらく進むと長良川に出るでしょう。川は道路の右に行ったり左に行ったり、交差していくはずです」

「ねえ、素朴な疑問。長良川って名の由来は？　とてもいい響きで字もきれいだし、気になってたんだ」

「それはどうやら、ぼくが育った長良っていう地名からきてるらしいんですよ。鵜飼をやる長良橋近辺の右岸一帯が長良村で、むかしはしょっちゅう洪水で水に浸かってしまう地域だったんです。流れがひと晩で変わるようなひどい暴れ川を、なんとか鎮めたいっていう祈りの気持ちから、長良川にしたっていうんですね」

長良村の近くでは、千年以上にわたって伝統的な鮎漁の鵜飼が行なわれてきており、さらにあたりはかいこを育てる養蚕農家と、かいこの餌になる桑畑の多い地域でもあった。もうひとつ、長良には織田信長の菩提所を抱える崇福寺がある。その崇福寺にまで何度も洪水が押し寄せた。信長所縁の土地柄としては、寺を流されてはたまらない。そこで村びとたちが川の名に長良を読み込み、寺の無事を祈念したという経緯もあったらしい。

「長良川の名は、暴れる水の修羅を鎮める祈りそのものでもあるんでしょうね。わたしが赤い色を封じ込めたいと思う気持ちと似てるかもしれないな」

美恵乃さんが言い、徹子さんがうなずいた。

「いろんな要素が交差してるんだね。ロマンチックな語感にちょっと詩的な匂いが加わったな」

「あ、そのシテキで思い出したんだけど、同じ川でも海の川の話。雑誌編集部の駆け出しで、八丈小島にいた美恵乃さんの取材に行ったときに、黒瀬川って詩的な言葉ですよね、って言ったらひどく怒られたんだけど、覚えてますか」

「そうそう、そんなこともあったよね」

「なあに、そのクロセガワって」

「わたしが育った八丈から見れば、黒瀬川、つまり黒潮は江戸時代には本土と島のあいだに立ちはだかる高い壁のような障害だったのね。それをマッチャンがあっさり詩的な呼び名って言ったんで、島育ちからすれば詩的なんて気どってなんかいられない、って反発したんですよ」

「ははあ、そりゃ美恵乃らしいや。そんでマツはどう思ったのよ」

「ぼくは長良川のこと持ち出して、川や海は命を育む場所でもあるんだから、障害は言いすぎじゃないかって食ってかかりましたよ」

「ずいぶん前のことよね。いまは、黒瀬川も長良川も勇壮で、でもおおらかで、でもちょっとさびしくて、素直に詩のようだって思うわよ」

「ほお、美恵乃もずいぶん丸くなったもんね。まあ、今回はマツのふるさとにいるんだから、長良川の名に込められた祈りの気持ちに、敬意を表しておくとするかな」

「とにかく、あのころは青い議論ばかりしてたわねえ」

「わたしたちがまだ青くてみずみずしいころね。でも、気持ちはいまだって変わってないよ」

「みずみずしい——そう、今回の飛驒美濃ツアーの主役は水ですから。ある新聞の読者アンケートでね、日本の清流といえば、って質問に対して、本州では長良川が一番になって、理由を訊いたら、長くて良い川だからって答えがあったそうです。答えた人はおそらく長良川を見たこともなくて、文字からくるイメージで選んだんでしょう。文字のちからですね。けど徹子さん、全国でも有数の清流にはちがいないんだから、ふるさと二〇選の候補にしといてくださいよ」

「うん、候補にね。もひとつ、ふるさとのイメージをかき立てるのは、おかいこさん用の桑の畑があったってこと。わたしたちのちいさいころは、ちょっと郊外へ行けばいっぱいあったもの。東京だって、利根川越えればすぐ桑畑が広がってたんだから」

「桑畑、かいこ、絹糸、そして絹織物。このあたりが元気だった当時は、日本の絹の生産量は世界一だったんですよ。いまは中国らしいですがね」

「わたし、もう二〇年も前に、取材でフランスのリヨンて街に行ったことがあるの。日本の絹糸は一時代フランスとの重要な交易品で、文化の架け橋にもなってて、リヨンは当時その中心的な街だったのね。行って驚いたのは、桑の木がすてきな街路樹に育って、街を飾ってること。桑の並木道、想像しにくいかもしれないけど、とっても美しいのよ」

「へえ、あの桑の木がねえ。じゃあ、日本でも並木道つくったらどうかしら」

「いいねえ、ついでに絹織物も復活させるかな」

「わたし、八丈でも桑の木を見たことあるわ。紬を織るのに、むかしは島でもかいこ飼ってたんだからね。それで子どもはみんな甘い桑の実食べて、口のまわりがまっ赤になって驚いたり、親に見つかってしかられたり」

「そうね。わたしも小学校のころ、信州の親戚の家でいっぱい食べたことあるな」

「昭和でしたねえ」

「うん、昭和よねえ」

ふたりは桑とかいこの時代に思いを馳せている。ぼくも小学校への通い道で、ずいぶん桑の実を食べた。熟して赤紫色から黒色になった桑の実は濃厚な甘みがあって、つい食べすぎて腹をこわすこともよくあった。そのたびに親に見つかるけれど、ほかに甘いものがすくない時代で、すぐまた口元や舌がまっ赤になるまで食べてしまう。三人共通の甘い記憶である。

車窓からの風景が広がり、右側から川が近づいてきた。と思ったつぎの瞬間、すいと道の左へ出て、道と川が恋人同士のように交錯しはじめる。

「あ、いま道の下を通ってきたのが長良川。このあたり、まだ流れが若いですね」

「マッチャン、川の上だけ霧が流れてるよ、ほら」

美恵乃さんが左側の流れを指差した。

「ああほんとだ。水温が低いんで、あったかくなった空気が冷やされるんですよ。まだそれほど濃くはないけど、気温が上がればもっとはっきりしてきます」

「白い敷布をかけたみたいね。冬の城ヶ島でも見たことあるわよ。寒い季節には、海水が冷たい陸からの空気に冷やされて霧になるの。でも、川霧っていうのも白い帯みたいで神秘的ね」

徹子さんが、川を見下ろすちいさな展望台を見つけて、くるまを停めた。

「わたしも見たいから、ちょっと休憩しよう」

「長いこと運転させてすみません。でもあわてなくたって、このぶんじゃ郡上へ行くまでずっと川霧を楽しめますよ」

「そうかもしれないけど、こういうめずらしい風景って、わたしたちの年じゃおそらくもう二度と会えないと思うのよ。だからしっかり目に焼きつけときたいんだ」

予想どおり、郡上八幡の街に行き着くまで、川霧は薄くなり濃くなりしながら三人を楽しませてくれた。

郡上の宿は街なかにあって、その夜の踊りはじめの会場である旧庁舎前の広場まで歩いて五分で行ける。宿の造りは古く、八畳一間で三人雑魚寝の相部屋をあてがわれた。女将は、街なかで敷地がせまいものだから、こういう部屋しかなくてごめんなさいね、と頭を下げた。

「おーい、マッ。レディふたりは浴衣に着替えるから、外へ行くか、それともうしろ向いて静かにしててくれるかな」

夕食を終えて風呂に入ったあと、徹子さんはぼくに注文した。たしかに、何歳になろうとも女子は女子、学生演劇当時の楽屋のようにはいかない。

「はい。ちょっと踊りの会場見てきますから、ごゆっくりどうぞ」

ぼくは宿の下駄を借りて、郡上八幡の街を南北に分けて流れる吉田川まで出かけた。橋を渡ってすぐ正面の広場が今夜の会場で、すでに気の早い浴衣姿が何人もうろうろしている。これから八月一五日前後の徹夜踊りを中心に、九月初旬の踊り納めまでほぼ三十夜、三か月の長きにわたって街のどこかで踊りがつづけられる。

郡上踊りは初心者歓迎を旨とし、だれでもその場で加わることができる。地元のうまい踊り手が流れるように踊るその横へ、はじめて踊る外来者が見よう見まねで加わり、踊りの列はあちこちの通りへ長く伸びていく。踊りじょうずの人にしてみれば、踊りの巧みさを誇るより教えるうれしさが勝るようで、習うほうはたくみに誘導され、照れ屋も引っ込み思案もいつの間にか手足を動かしている。街の踊りじょうずは教えじょうずでもある。

「さあ、レディースのみなさん、そろそろ踊りがはじまりますよ」

ぼくは宿にもどってふたりに声をかけた。

「お囃子も聞こえてきて、なんだかわくわくするね」

声を弾ませる美恵乃さんに、徹子さんが応える。

「そうね。舞台の幕開き前みたいで、アドレナリン出るなあ」

広場に出ると、郡上踊り発祥祭の神事がはじまっており、祝詞が高々と唱い上げられ、しばらくしてお囃子の人たちを乗せた屋形が入ってきた。すでに数百人の踊り手が集まり、今年の踊りはじめを待ちかまえている。

北に見える郡上八幡城の上の空がきらりと光った。しばらくして雷鳴が届く。雨の気配が近い。

「郡上のなあ、八幡出て行くときは、はあそーれんせ」とはじまる「かわさき」で、今年の郡上踊りの幕が切って落とされる。広場の中央の屋形を目印に、幾重もの踊り手の輪ができる。踊りが進むに連れて、人の輪が整然と時計回りに進んでいく。屋形を中央にした大きさのちがう同心円が、お囃子に合わせて、大きな生きた渦巻きのようにゆるりゆるりと回り出す。

徹子さんと美恵乃さんは、しばらく踊り手を観察しながら手足を振っていたかと思うと、ふたり並んで円のなかに入っていった。ぼくもそのあとについて、目の前の踊り手に倣ってからだを動かしてみた。ちいさいころ何度か連れてきてもらった記憶はあるけれど、自分でも動きがぎごちないとわかる。ふたりはといえば、手足の動きがしだいになめらかになり、お囃子にうまく乗っている。かわさきが終わった時点で、ふたりはすっかり振りを覚えたようだった。

「美恵乃、やるじゃない」

「徹子さんこそ、さまになってた。きみは踊ったことあるって言ってたわりには、まだまだね」

「そう。地元民にしちゃへたくそ。わたしの横にいた外国人男子のほうがよほどうまかったな」

そのとおりなので返す言葉もない。

「すみません」

笛がピーロロと鳴ってつぎの踊りがはじまる。ぼくたちは踊りを観察しようと輪を外れた。徹子さんが流れる汗をふき、目を光らせながら話しはじめた。

「ねえねえ、踊りのステップ、気がついた？　ナンバのステップよね。左右の手足が交互じゃなくて、同時に出るのよ。右手右足が前に出る、つぎに左の手足が出る。ナンバ歩きっていう日本古来の歩き方で、からだをひねらないから無駄なちからが要らなくて合理的だって、一時期ずいぶん話題になったでしょう。あれ」

美恵乃さんがすぐ反応した。

「ええ、覚えてますよ。歌舞伎の六方なんかの所作もそれだっていうんで、学生時代に、どっかの劇団が基礎訓練としてナンバを採り入れた、って聞いたことあるわ。かわさきの踊りも、たしかにナンバ。うまく手足をそろえると踊りが映えるのよね」

「むかしの飛脚はこのステップで何十里も走ったとか、忍者はこれで物音ひとつ立てずに歩けたとか、日本古来の脚使いなんだな」

「日本人のからだの奥にそのリズムが眠ってるんだってこと、信じられそうよ。わたしだって、この国でもう七〇年なんだしね」

「そういえば、ナンバは日本だけのものじゃない、何世紀か前は、世界じゅうがナンバだったんじゃないか、っていう研究もあるらしいんだ。つまり、美恵乃のなかのアジア的部分が、郡上にきて騒ぎはじめたのかもしれないな」

「へえー、そうだったらおもしろいわねえ」

「いまでも、幼稚園児なんかのはじめての団体行進で、どうしても手足が同時に出ちゃって泣いたりするのがいるっていうけど、あれはあれでいいわけよ。日本人は、古くからああやって歩いたり踊ったりしてきたんだから」

徹子さんは確信しているようである。

「流れるようにナンバ踏んでる踊り手ほどうまく見えるね」

「そう。わたしの前の若い衆、気持ちよさげに手足が動いてて、笑顔がまたよかったな」

「わたしが目をつけたのは、屋形のすぐ近くで踊ってた若い衆、腰にひょうたんぶら下げて浴衣を尻はしょりして、すてきだったわよ」

つぎの踊りは、唱い手の「七両三分の春駒、春駒」という高い声からはじまった。

「美恵乃、調子が上がって楽しそうだよ。行かない？」

「春駒ね。馬が跳ねるみたいにテンポのいい踊りだってガイドブックに書いてあったな。よーし踊りましょう」

ぼくは浴衣の袖からカメラを出した。

「写真、撮っときます。いまのナンバの講釈がちゃんとからだで表現できてるかどうか、あとでたしかめますからね」

踊り手がまた増えた。春駒は人気の踊りだそうで、休んでいる人が立ち上がって屋形のまわりの輪がいくつも増える。とつぜん、吉田川の下流のほうで雷光が夜空を貫いた。同時に大粒の雨が音を立てて降ってきた。けれども踊りの輪は乱れることもなく、跳ねる馬の動きを模した踊り手たちの身振りが雨を笑うようにつづいた。ぼくは踊りの輪のなかに入ってふたりを探した。屋形の近くでひょうたんを腰に下げた青年が踊っていて、そのすぐ横にふたりがいる。

「どうしますか。ひどい降りになってきたけど、つづけますか」

「うん、のってきたからもうすこし踊りたいね。どう、徹子さん？」

「わたしも。ひょうたんのきみが教えてくれるしね。それに、激しい雨は止むのも早いのよ。マツはカメラ濡れるとまずいから先に帰っていいわ」

「気をつけてくださいよ。風邪引かないように」

「平気平気、この雨、からだ冷やすのにちょうどいいくらいだもの」

雷鳴と雷光がほとんど同時にきて、雨脚は強くなっている。徹子さんの予報どおり早く止んでくれたらと願いながら宿に帰り、濡れた浴衣を脱いで風呂を借りる。八畳間の中央にふとんが三枚敷いてあった。ぼくは一枚を部屋の隅に引きずっていき、ごろりと横になってそのまま泥のように眠った。

＊

三日目。ぼくたちは徹子さんの運転で、長良川に沿って国道を南下した。

「ゆうべは雨が降り出したあとがおもしろかったよ。マツも残ればよかったのにね」

「雨はよく降ったけど、わたしたちうまくなったわよ。ねえ徹子さん」

「そうなんだ。あのミスターひょうたんにくっついて一時間くらい踊ってたら、もうベテランの域さ。こんどマツに教えたげるよ」

「お気遣い、ありがとうございます。東京の青山でも、毎年七月のはじめころに郡上踊りをやるんで、来年は行きましょうか」

「え、青山でも踊れるの？」

「青山って、郡上に所縁のある街なんですよ。もともと青山は郡上の殿さまの名前ですからね。あのあたりに郡上藩の江戸屋敷があったそうです」

「へえーそうか。おしゃれな青山と、この山里と、意外な縁なのね」

「知らない人が多いでしょうね。それで、ゆうべはあのひょうたんと仲よくなったんですか」

「もちろん。来年は、彼をその青山に呼んでやってもいいね。踊りが好きで好きでたまらない、そういう人のこと踊りスケベっていうんだって、彼が教えてくれたわ。東京で郡上よりひとあし早く踊ろうって誘えば、あのスケベ、飛んできそうだな」

「ははは、踊りスケベ。若い男女も多いから、そんな言い方が似合うかもしれないな。そういえば、ぼくは大学時代に、花スケベってからかわれたことがありましたね」

「へえ、花スケベってどういうの？」

「いやあ恥ずかしい話ですけど、ぼくが花を好きになったのは、好きな女の子が花好きだったからって白状したら、まわりの女子にきみは花スケベだって」

「そういうことか。でも踊りスケベは純粋に踊りが好きな人、マツのスケベとはちがうよ」

「まあまあお手やわらかに。むかしは毎晩ちがう人とくっついたりして、みんなが踊りスケベだったんでしょう。盆踊りは、もともとそういう数すくないハレの場だったから。それにくらべりゃ、花スケベなんて子どもと同じ、かわいいもんですよ」

　美恵乃さんが手を挙げて発言を求めた。

「でも、もしひょうたんくんに誘われたら、わたしついて行ったな」

「へえ、美恵乃はまだそんな色気があるんだ」

「ありますよ、気持ちだけはね。彼の踊りも色気あってきれいだったわ。ひと晩たったいま思うんだけど、ナンバステップで踊り呆けて、わたしのなかに眠ってた原初的なものっていうか、どこかなつかしい、温かい感覚が目覚めたような、不思議な感じがしてるのよね」

「そう、そうなんだ。郡上踊りって一〇種類もあるんでしょ。わたしたちが踊ったのは四つか五つだけど、どれもナンバの不思議体験で、からだがうずくような感じだったなあ」

「ほんと。高山で飛騨の流人のこと思い出したり、責め道具見たりしたことが、呼び水になったのかもしれないけど、わたしもからだの奥が騒いでるみたいだった」

「ほら、劇研時代に、歌舞伎や能狂言の伝統舞台と新しい時代の演劇、みたいなテーマで勉強会やったことあるでしょう。そっち方面にくわしい先輩がいて、日本古来のナンバ歩きが軍隊行進でむりやり変えさせられたんだ、って嘆いてたの、思い出したわ」

徹子さんの言葉は、美恵乃さんの記憶を刺激したようだった。

「あー、古典芸能大好きの彼ね。西洋式の戦争がはじまった明治初期のころのことだって、くわしく解説してくれたっけ」

彼の話によれば、徴兵令で招集されたにわか兵士たちは、統率もとれず行進もできず、ただうろうろするばかりで、その主な原因は日本式のナンバ歩きにあった、とくに官軍にその傾向が顕著で、明治政府はあわてて西洋式の手足を交互に出す歩き方を指導した、というのである。ぼくもかすかな記憶をたぐり寄せた。

「百年ちょっと前まで日本人はみんなナンバ歩きで、それがとつぜん禁止されたんだって話にはびっくりしましたよね。逆に考えれば、それほど短期間で日本人がずっと親しんできたナンバ歩きのリズムが蹴散らされた、ってことだから」

　徹子さんはすこし遠い目になって言った。

「そういう彼に対して、あんたは国粋主義かって気色ばんだのもいたな。彼、猛然と反発して、おれはそんなもんは大っきらいなんだって怒鳴ったのよ。わたし、そのけんかを止めに入ったからよく覚えてるもの。日本の古典的身体行動のかなめであるナンバを、戦争の大足が踏みにじったんだ、って。共感したわ」

　軍隊統率の基本である隊列行進のために、古来のナンバ歩きが封じられ、日本的伝統が損なわれたという議論は、劇団員ほぼ半分に分かれて何度か行なわれた。いま、郡上踊りに揺さぶられて、またあのころのナンバが眠りから覚めた。

「徹子さんが、わたしのなかのアジアって言ったけど、そうか、それが目覚めて揺れ出したのかって腑に落ちたわ。ただしマッチャンに言っとくけど、郡上踊りだけじゃなくて、盆踊りはだいたいみんなナンバだろうと思うよ」

「そうですね。でも郡上踊りは、踊りのバリエーションが多いでしょう。踊りつづけて、からだごとナンバのリズムに浸ったおかげで、長いこと眠ってた何か、古き善きものかな、そういうのが目覚めたんじゃないのかな」

　ぼくは、古き善きもの、と言いながら、以前に八丈小島で美恵乃さんを取材したとき、同じ言葉を使ったのを思い出した。美恵乃さんも気づいたらしく、ぼくに向かってなつかしそうに二度うなずいた。

「わたしもそう。ナンバで踊ったことで、からだのなかで眠ってた、マツの言う古き善きものが起きてきて、けさは目の前のこういうふつうの風景までが、どこかなつかしいように見えるな。はじめてなのに、よ。おもしろいねえ。東京育ちには、すべての地方がふるさとになるんじゃないかっていうわたしの仮説、リアリティが出てきたね。うん、デジャブーもあるしね」

徹子さんは名古屋まではきたことがあるけれど、岐阜はこれがはじめてだという。彼女のなつかしさの感覚は、すくなくとも記憶にはなかったはずである。

美恵乃さんが人差し指を立てて言った。

「もうひとつ、なつかしい感じがしたのはヤッチクって踊り。あれ、郡上一揆のお話なんだってね。唄のなかで、キクモアワレナギミンノハナシとか、ヒゼメミズゼメソロバンゼメニ、なんていう歌詞があって、あれって思ったんだ。算盤責めって、高山の陣屋で見たあの尖った拷問道具にすわらせるんでしょ。どきっとしたな。わたし、踊るの止めてそのあとの歌詞を追いかけちゃったもの。マッチャン知ってる?」

「ヤッチクが郡上の義民の唄だっていうのは聞いてましたよ」

徹子さんの目が輝いた。

「そうなのか。へえー、盆踊りで百姓一揆の唄と踊りがあるなんて格好いいじゃない。ほら、フランスの国歌、ラ・マルセイエーズみたいよね。気どっていえば民衆蜂起のエールの歌ってとこでしょう。何か、血湧き肉躍る感覚がよみがえるなあ」

　ぼくは郡上踊りのちらしを取り出して解説した。

「フランスのラ・マルセイエーズは、暴君を恐れず、祖国のために戦おうっていう歌ですよね。ヤッチクはそれとちがって、つまり鼓舞するんじゃなくて、クドキって呼ばれる古典的な語り形式で、歌詞も日本的哀愁にあふれたものなんです。とくに、ふたりの娘が百姓衆のために働くっていうくだりは泣かせますよ」

　徹子さんがぼくに訊いた。

「あー、口説きか。歌舞伎なんかの語り口だっけ」

「そう。ここに歌詞があります。聞くも涙よ語るも涙、ここに憐れな孝女の話。名主善右衛門にひとりの娘、年は一七、その名はおせき――このおせきさんの父親は、一揆に荷担した罪を着て江戸で牢屋に入ってる。そこで一七歳の娘盛りなのに、単身江戸おもてまで父を慕って行くんですよ。それからもうひとり。話代わりて孫兵衛宅の、妹お滝は利発な生まれ、年は一六、つぼみの花を、水仕奉公と事偽りて――一六歳のお滝さんは、お屋敷へ奉公に出る、そこでいろいろ秘密を探り出して、百姓衆を手助けするんですよ」

「可憐そのものね。いまなら、まだ少女じゃないの」

「あの時代、一五、一六はもう娘盛りでしょう。この話は外伝のたぐいですけど、重苦しい一揆のさなかに咲いた一輪の花たちの顛末は、聞いててなんかほっとしませんか」

「聞くも涙よ語るも涙、か。この七拍子のリズムってのは、ナンバ歩きと同じようにわたしたちの魂えぐるね。ふだんは西洋式の音階やらリズムで暮らしてるんだけど、聞くも涙よ、ってのは、ナンバと重なって、直接どんと胸に響くみたいな気がするな」

くるまは走りつづける。南へ進む国道と、長良川と、単線で走る長良川鉄道の三本の流れが、三つ編みの長い髪になって、前方の視界を生きもののように出たり入ったりしている。

飛驒から郡上にきて、大原騒動や宝暦騒動などの百姓一揆の歴史の舞台を歩き、古風な振りの盆踊りを楽しんで三日目、ぼくたちのからだのなかで何かがはじまり、何かが動き出したようである。数百年の歴史のうねりと、盆踊り唄の歌詞とナンバのリズムと、それからくるまが行くのと同じ方向へ流れる長良川が、ちょうどDNA配列図のように撚《よ》り合っていく。

ふいに、国道から見えなくなっていた川が眼前に現われた。同時に三人で「あっ」と叫ぶ。純白で分厚い霧のふとんが、川を隠して流れている。

「あら、長良川が霧で見えないよ」

「真綿ぶとんみたいな霧、きのうより倍以上も厚手ね。二日つづけて見られてしあわせ」

「すごいなあ。ぼくもこんなの、はじめて見ますよ。厚みは二メートル以上ある」

側道にくるまを停めて川を見下ろす。ちょうど長良川の支流のひとつ、板取川が合流するあたりで、車外に出ると熱気がむんむんしている。板取川はもともと水温が低い。そこへ降りてきた熱気が冷やされて霧になったのである。徹子さんがつぶやいた。

「こんなにくっきり見えると、まるで舞台効果で使うスモークみたいね」

「スモークにたとえるんじゃ、この筋書きのない自然現象がかわいそうですよ」

「そうなんだけどね、街育ちが見ると、それほど現実ばなれしてるってことなの」

しばらくして、川霧が薄くなってきた。姿を見せた流れはきのうの雨で水嵩を増し、さらに濁ってきている。この川が流れ込む本流の長良川で、今夜の鵜飼は行なわれるのだろうか。

中秋の名月の夜をのぞいて、鵜飼は期間中毎晩開かれる。けれども増水で川の流れがはげしくなり、鵜飼漁ができないようであれば中止されることもある。鵜飼を取り仕切る事務所に問い合わせてみると、決行はするが付け見せ鵜飼になるでしょう、ということである。

通常は、狩り下り鵜飼といって、六艘の鵜舟が漁をして下っていくところへ観覧船が順に近づき、漁を見物しながら流れていく。付け見せ鵜飼というのは岸近くの浅瀬に観覧船をもやっておき、鵜匠の乗った鵜舟がそのまわりを回って漁を見せるやり方である。

せっかくふたりを案内して、この地の魅力に触れる上等の時間をすごしてきた。この短い旅のしめくくりとして、なんとしても鵜飼を見てもらいたい――そう思っていたので、決行と聞いて重い肩の荷が下りた。

エピローグ

宿は川の左岸、長良橋のすぐ川下にあって北側は川に向かい、南側は古い町家造りの家並みがつづく通りに面している。ロビーから薄茶色に濁った川の流れが見える。対岸の堤防の向こう側に、丸い卵のようなドーム型の建物が突き出ている。ぼくが育った家はそのドームの裏側にあった。ちょうどそのあたりは、川の名の発祥となった長良の町のはずれになる。

「へー、あのへんで育ったのか。りっぱな堤防があるのね。あれができてからは洪水も平気になったんじゃないの?」

徹子さんがドームを見て言った。

「堤防ができたのは昭和に入ってからで、それ以前はドーム方向へも川が流れてたんですよ。ぼくの家なんて流れのなか、つまりぼくは、長良川のどまんなかで育ったことになるわけですね」

部屋は川に面していて、今夜は川越しにわが家のあったあたりをながめて寝ることになる。前夜とちがって女子ふたりとは別部屋になった。

夕方、宿の真下の船着き場にずらりと並んだ鵜飼観覧船の一艘に乗って、長良橋の下をくぐり抜ける。すこし川を上った左岸に観覧船が係留され、焼き上がったばかりの鮎を中央に配した夕食の盆が並べられた。

ぼくは川育ちのわりには川魚が苦手である。けれども鮎だけは別格であると思う。それは鮎が降海型の魚で、海の餌を食べてまたもどってくるからおいしいのだという、若いころの思い込みがそのまま残っているせいもある。最近では琵琶湖産の稚魚などを放流して、天然鮎の穴埋めをしているそうで、海まで降りてまた上ってくる本来の鮎がどの程度残っているかはわからない。けれども、そういう事情を差し引いてなお、焼き立ての鮎は、どの川魚よりおいしいのである。

間近で花火を打ち上げるちいさな破裂音がしたかと思うと、観覧船の屋根に隠れて客からは見えない真上で花が開いた。その色が川面に映って流れを彩り、つぎに山びこのような反射音が聞こえてきた。

「あら、花火の山びこね」

「ええ、目の前の金華山に反響するんですよ。山の斜面が急峻で、山びこもきれいでしょう。この花火大会は音も鑑賞できるのが楽しいんです。近いとドドーン、もうすこし離れるとドンドーン、もっと遠くなるとドーンドーン。ほんとですよ」

花火は一〇発ほどですぐ終わり、山も川もまた静かになった。横で美恵乃さんが両手で鮎を持ち、背中からかぶりついている。

「海の魚はよく知ってるけど、じつは鮎をこうして食べるのははじめてなのよ。白身なのに味がしっかりしてる。海の魚に似てるかもしれないな」

「ぼくが鮎をおいしいと思うのは、海で大きくなった、って信じてるからなんですよ」

夢をこわしたくないので、放流鮎のことは黙っていよう。

「郡上からこの鵜飼をやる長良橋のそばまで走ってきて、こうやって金華山を仰ぎながら、いま思うのは、この山が長良川の最後の補給基地だという事実ですね」

上流からここまで、長良川は左右に多くの山をしたがえ、いろいろな支流を抱き込んで、いつも新鮮な水、いってみれば母乳のような水の補給を受け、それで生き返りつつ源流から約一二〇キロ流れて、金華山に至る。ここをすぎれば、あとは平らな濃尾平野をゆるりゆるりと五〇キロほど進み、最後に伊勢湾へ出る。

鮭には母川回帰の本能があり、生まれた川へもどることができるとされている。残念ながら鮎にはそれがない、というのが定説だと聞かされてきた。けれども最近では「ないとはいえない」というかすかな希望が見えてきたらしい。もっともそうした先端研究の真偽は別にして、海からわずか五〇キロのところに母親の匂いを発する基地があることは、海にいる稚鮎やほかの魚たちにも伝わっているのではないだろうか。

川の匂いに包まれたいから、ぼくは長良川へ帰りたくなる。それは、たとえば川原の濡れた石が陽の光を受けて乾くときに発する、温かい日向水のような匂いであったりする。人間ですら匂いに誘われて母川にもどる。ましてや人よりはるかに鋭い感覚を持つ魚たちのこと、かならず母川の匂いを嗅ぎとり、回帰する用意を整えるにちがいない。

「三日間、こうして引っぱり回してきましたけど、感じてもらったことも多くていい旅になったんじゃないでしょうか。案内人としても、やはり長良川は母なる川だって実感したし」

「そうね。わたしにとっては川っていえば隅田川か、それともほら、マッが下宿してた面影橋のある神田川くらい。どれも都会の川よね。でも、山があって川があって、豊かな歴史のあるこの土地は、わたしのふるさとであってもいいなあ、ってすなおに思うよ」

「同感。ここはだれにとってもふるさとって言える場所かもしれない。もちろんわたしには八丈島があるんだけど、ここも同じで、何かに抱かれてるような安らぎを感じる土地だもの。例の百姓一揆もナンバ踊りのリズムもふくめて、いい旅だったよ。マッチャン、ありがとう。それぞれにちがった、三人三様の旅ができたよね」

「ほんとほんと。今夜はまたこうして川風に吹かれて、ゆったりと船に揺られて食事ができるなんて、とってもぜいたくで、貴族みたいで、出されたものもみんなおいしく感じられて最高よ。鮎は海の味がするっていうの、信じてもいいような気がしてきたなあ。この魚が海へ降りていって、またもどってくることで特別になるんだから。それだけじゃなくて、人間がその特別な場所を千年以上も愛してきたんだから、ここにはきっと何かがあるんだよね」

　徹子さんはそう言いながら、甘露煮の鮎を手に持ってじかにかぶりついた。

「流れがもっとおだやかならすこし上流まで行って、下ってくる鵜舟といっしょに流れてくるんだけど、それができなくて、残念です」

「いいのいいの。これでじゅうぶん。ゆうべも今夜も、日が落ちたあとのハレの場を楽しめたでしょう。暗くなってからはじまるものって、わくわく感がちがうわね。なんだか小学生みたいにうれしいね。美恵乃はどう？　高山ではどきりとさせられたけど」

「ああ、ごめんなさいね、過剰反応で。でもけっしていやだったんじゃないからね。わたしの近しい親戚がいるみたいな感じだったし、高山へはもう一度かならず行きたいって思ってる」

「そう言えるんなら、よし。百姓になったかと思えば、今夜は船遊びで平安貴族気どり。ぜいたくな旅だよね、へへへ」

「ええ、今夜はわたし、さしずめ、やんごとなきお姫さまってとこかな」

「いや、目が青いからクイーンだな」

ぼくは鮎の皿の飾りになっていた笹の葉を持って、美恵乃さんに捧げる振りをした。彼女はそれを受け取って会釈を返し、三人で笑った。

しばらくすると、川上からかがり火が六つ、下ってきた。はじめはちいさかった火がしだいに大きくなり、目の前まできてぱちぱちと薪の燃える音までが聞こえてきた。かがり火の下では、何匹もの鵜が水に潜ったり上がったりして魚を追っている。ときどき鵜が魚をくわえて水面から出てくると、観覧船から大きな拍手が湧く。くちばしの魚は鮎ではないらしい。けれども、細かいことは言うまいというほどの大きな拍手が、川面に広がっていく。

鵜舟は一度川下に集まり、こんどは観覧船の舳先と岸のあいだを、川上に向かって進みはじめた。観客が動けないぶん、鵜舟がまわりで楽しませてくれるという配慮である。鵜はけなげに水に潜っているけれど、なかなか魚が獲れないようで空振りが多い。

「さっき船頭さんが言ってたけど、チャップリンが鵜飼見物にきたんだってね」

「そうだ、チャップリン。ええ、二度もきてるんですって。はじめは一九三六年、見物したあとで鵜飼はポエトリー、鵜匠はアーティストだって絶賛したんです。それから、鵜飼が行なわれた舞台の長良川と金華山を見て、ここは夜の闇が美しい、とも言ってたそうですよ」

美恵乃さんが身を乗り出した。

「闇が美しいか、さすがの名言ね。八丈小島でマッチャンと夜空を見上げたこと、思い出すな。あの夜も星が闇に浮かんできれいだったよね」

「そうそう。あの夜のこと、目に焼きついてますよ。星があんなにたくさんあるってあらためて思ったり、子どものころ見た、金華山の上の銀河のことまで思い出したり」

「おいおい、きみたち、そういう夜をすごしたのかい。きわどいぞ」

「いやあ、そういうんじゃなくて、ただ八丈小島の深い闇のなかで、東京には夜がないね、それがさびしいねって、ふたりで嘆いたんですよ」

「まあ、何かあったとしてもよしとするか。すてきにいい夜だもんね。鵜飼がはじまるちょっと前に、川べりの旅館の明かりが消えたよね。そこへ古式ゆかしいかがり火が、川面に炎を映しながらやってくる。あれ見てるだけで感激して頬が熱くなったわよ」

「わたしも胸がつまって声が出なかったわ。鵜が魚を捕ってくることも忘れて、こういう幻想的な舞台にいるっていうだけで満ち足りてくるの。この時間がもっとつづけばいいのに、って思ってるわたしがいてね。高山の陣屋ではまわりがまっ赤になったんだけど、いまこの闇に包まれながら、透明な、青い世界に入っていくような感覚よ」

「それ、気持ちがいいってことですね？」

「もちろん。青いのは水かなあ。そうひと粒のしずくかもしれない。ずっと海にかこまれて生きてきて、あまり意識しなかったんだけど、あの大きな海の水をたどって旅してきたら、ここに着いたのよね。海を見て、それから川のはじまる場所を見て、するとここは命の途中っていうか、ふるさとの途中っていうか――そんなふうに感じるわね」

「美恵乃、命の途中、ふるさとの途中ってフレーズ、いただくよ。ありがと」

徹子さんと美恵乃さんは、黙ってうなずき合った。ふたつの横顔がかがり火に映えた。またしても、ぼくは女の仲間に男がひとりの時間をすごした。けれども女たちは、かがり火を背景にしてまぶしいほどに臈《ろう》たけ、輝いていた。

水の流れがさらにおだやかになり、観覧船の群れは着け見せの状態を解かれて、碇を上げた。全船ですこし川上へ行き、六艘の鵜舟が横一線に並んで下る総がらみと並行して、流れ下ることになったという。わずか一〇分ほどの、予定外の演し物がはじまる。

鵜匠が鵜をはげますホーホーというかけ声と、水中の魚を追い出すためにタンタンと船縁をたたく音が、ホーホーホーホータンタンタンと七拍子になって響いてくる。鵜舟の舳先で燃えさかる松材の火の粉が、弾けながら飛んでくる。まわりをかこむ船が増えたのに気をよくしたのか、鵜たちはいっそう勇ましく水に潜っている。ぼくたち三人は、しゃべるのをやめて千年の幻想の世界に浸った。上弦の月が金華山の西の稜線にかかっていた。

かつて、この川から北へ五〇〇メートルほど行った小学校の夜の校庭で、担任のイネ先生が、宮沢賢治の『銀河鉄道の夜』を読んでくれた。賢治は「このぼんやりと白いものがほんとうは何かご承知ですか」と訊いている。百億年前に誕生したその白いものが、金華山の上に広がっていた。ぼくのなかで、むかし長良川の近くを走っていた長良軽便鉄道が、白いものに向かって昇っていった。雨に洗われて透明度を増した大気層をつらぬいて、白いものの光が地上に届く。その光は清冽な流れとなって長良川と混じり合い、あまたの修羅を諌めつつ清めつつ下っていく。ぼくはそれをたしかに見た。

■参考文献

＊流人（江馬修）青木書店　一九五三年六月一五日刊
＊ブレヒト戯曲選集第一巻（加藤衛／千田是也訳）白水社　一九六一年一一月一五日刊
＊ブレヒト戯曲選集第一巻（加藤衛／千田是也訳）白水社　一九六二年一月二五日刊
＊増補改訂八丈島流人銘々伝（葛西重雄、吉田貫三）第一書房　一九七五年五月二〇日刊
＊新島の飛騨んじい（赤座憲久）講談社　一九七七年一月二八日刊
＊八丈島流人帳（今川徳三）毎日新聞社　一九七八年一月二〇日刊
＊女護が島考（浅沼良次）未来社　一九八一年六月一五日刊
＊俳優修業第一部（スタニフラフスキイ、山田肇訳）未来社　一九七五年五月一〇日刊
＊俳優修業第二部（スタニフラフスキイ、山田肇訳）未来社　一九七五年五月一〇日刊
＊和船――ものと人間の文化史（石井謙治）法政大学出版局　一九九五年七月七日刊
＊こばやしひろし作品集（こばやしひろし）劇団はぐるま　二〇〇〇年二月二七日刊
＊みんなで使おっけ――岐阜のことば（山田敏弘）まつお出版　二〇〇四年二月一日刊

初出・岐阜新聞連載（二〇一三年一二月一日～二〇一四年八月一二日）

著者略歴
松田悠八（まつだ・ゆうはち）
一九四〇年、岐阜市生まれ。
早稲田大学文学部演劇科卒業。
出版社勤務を経て、
現在フリーライター・編集者。
著書に『長良川――スタンドバイミー一九五〇』（作品社）、『円空流し』（冨山房インターナショナル）がある。

長《なが》良《ら》川《がわ》
――修羅としずくと女たち

二〇一五年 五月 五 日第一刷印刷
二〇一五年 五月一〇日第一刷発行

著者 松田悠八
装幀 小川惟久
発行者 和田肇
発行所 株式会社 作品社
〒一〇二-〇〇七二
東京都千代田区飯田橋二ノ七ノ四
電話 （〇三）三二六二-九七五三
FAX （〇三）三二六二-九七五七
振替 〇〇一六〇-三-二七一八三
http://www.sakuhinsha.com
本文組版 米山雄基
印刷・製本 シナノ印刷㈱
落・乱丁本はお取り替え致します
定価はカバーに表示してあります

ISBN978-4-86182-531-6 C0093

長良川

スタンドバイミー一九五〇

松田悠八

第三回小島信夫文学賞受賞作！　長良川で過ごした弾けるような真夏の日々。驚嘆と興奮に満ちた少年世界に、ふと影を落とす大人たちの妖しい世界。おおどかな岐阜弁を駆使して輝ける時代を描く少年小説。